ROGER-POL DROIT

# VOTRE VIE
# SERA PARFAITE

## GOUROUS ET CHARLATANS

Odile
Jacob

© Éditions Odile Jacob, janvier 2005
15 rue Soufflot, 75005 Paris

www.odilejacob.fr

ISBN : 2-7381-1574-8

# VOTRE VIE SERA PARFAITE

## GOUROUS ET CHARLATANS

*À l'Oiseau,*
*derechef et* for ever,

*à Marie,*
*à Irène,*

*à Paul et à Maria,*

*à la mémoire de Lucien*
*(né vers 115, mort en 175),*

*mais aussi aux crédules, aux naïfs, aux braves gens, aux stressés, aux déprimés, aux angoissés, aux rondouillards, aux timides, aux complexés, aux traumatisés, aux désemparés, aux névrosés, aux obsédés, aux inquiets, aux affolés, aux allumés, aux mystiques, aux grugés, aux entourloupés, aux arnaqués, aux battants, aux bronzés, aux frimeurs, aux déconnants, aux attentifs, aux anonymes, aux ordinaires,*

*à nous tous.*

# Avertissement

On vous donne à présent des conseils pour tout. Plus un seul aspect de l'existence ne demeure sans experts, gourous et autres coachs, tous prêts à prendre en main votre vie.

Situation ridicule : la vie n'a pas besoin, pour se développer, de tant d'artifices et de boniments.

Situation dangereuse : beaucoup risquent d'y perdre leur autonomie.

J'ai donc composé cette farce pour mettre en lumière les méfaits de certains charlatans. Toute ressemblance entre la « méthode totale » et des méthodes existantes n'est absolument pas fortuite. Et les personnages cités pourraient tous exister.

En dénonçant les travers de ceux qui mentent et manipulent avec cynisme, je souhaite contribuer à vous rendre votre liberté, ou à vous permettre de mieux la défendre.

# Prologue

# Enfin !

Ce qui suit va changer votre vie. Mieux vaut que vous le sachiez tout de suite.

Bien sûr, vous n'y croyez pas. C'est normal. Mais vous jugerez par vous-même.

Car je ne vous demande pas de me faire confiance. Nous ne nous connaissons pas. Je veux dire : pas encore. Vous n'avez donc aucune raison de me croire. Pour l'instant.

C'est vous qui allez expérimenter le pouvoir d'une méthode qui a révolutionné l'existence de toutes celles et de tous ceux qui l'ont appliquée. Cette méthode réunit, synthétise et combine toutes celles qui existent déjà.

Je ne prétends pas avoir tout inventé. Au contraire. Il existait bien avant ma méthode des trésors d'expérience et de sagesse. Mais ils étaient dispersés, posés côte à côte, parfois concurrents ou même ennemis.

C'est pourquoi j'ai décidé de tout utiliser, de tout rassembler. De tout combiner, sans rien exclure et sans rien mépriser. Ainsi est née la méthode totale, celle qui contient et dépasse toutes les autres.

Elle est pour vous. Et personne d'autre. Car personne ne peut vivre votre vie à votre place. C'est vous, et vous seul, qui êtes aux commandes. C'est vous, et vous seul, qui rédigez le scénario, qui choisissez les images et qui inventez votre rôle.

C'est donc à vous, à vous seul, que vous devez faire confiance. Il y a en vous un potentiel inépuisable. Je le sais, j'en suis sûr. Même sans vous connaître personnellement, je peux l'affirmer sans aucune crainte de me tromper. Parce que tout être humain possède en lui, dès sa naissance, un potentiel inépuisable. Des capacités de création infinies. Des pouvoirs sans limites. Des facultés insoupçonnées.

Vous disposez, sans le savoir, d'un potentiel extraordinaire. Vous êtes capable de créer, d'inventer, de comprendre, de convaincre. En vous se tient le pouvoir qui va pouvoir vous rendre heureux pour toujours.

Ce qui vous manque, c'est le chemin pour y accéder. Comme si la carte de votre monde intérieur avait été perdue. Comme si la porte de votre pouvoir avait été murée. Et par qui ? Mais par vous-même, bien sûr ! C'est vous qui avez égaré le plan, bouché la porte, oublié l'accès. Vous ne savez plus trouver ce qu'il y a en vous de meilleur et de plus fort.

Et vous seul pouvez retrouver ce trésor. Il est là. Il repose en vous... Vous êtes ce trésor ! Personne ne peut donc vous le dérober. Vous devez seulement en reprendre possession. Vous devez annuler les efforts très anciens que

14

vous avez accomplis pour vous en éloigner. Il va falloir dissoudre les crispations, les tensions, les doutes que vous avez accumulés.

Imaginez quelqu'un venu au monde en sachant jouer du violon. Parfaitement, en virtuose, mieux que Paganini. Imaginez que cette malheureuse personne finit par se persuader qu'elle ignore tout du violon, qu'elle est incapable de placer ses doigts sur les cordes, qu'elle est inapte à manier un archet.

Pour cette handicapée, quelle serait la meilleure solution? Faire du solfège, des exercices, des gammes, endurer un apprentissage interminable et pénible? Ou bien retrouver sa science innée, son pouvoir originaire? Pour cela, il faudrait que cette personne parvienne à se débarrasser de ce qui l'empêche de jouer, c'est-à-dire... ses propres convictions. En croyant ne pas savoir, elle se paralyse. Et cette immobilité lui semble confirmer qu'elle ne peut rien faire de bon!

Cette personne, évidemment, c'est vous. Vous êtes l'obstacle et vous êtes la solution. Vous êtes le trésor, et le maillon faible. Vous êtes votre plus sûr allié et votre pire ennemi.

Mon rôle consiste à vous aider à vaincre. Seulement vous aider. Car c'est vous qui allez gagner. Vous seul, et personne d'autre.

Ne croyez pas que ça sera nécessairement facile. Des difficultés surgiront là où vous vous y attendez le moins. Il se pourrait que vous vous sentiez découragé au moment où vous serez, en fait, tout près du but.

Je vous dis cela en fonction de mon expérience. Depuis que j'ai entamé ce travail d'accompagnateur, j'ai déjà pu aider des foules de gens. Chaque fois, leur vie s'est trouvée radicalement transformée. Mais personne n'avait estimé correctement les difficultés de parcours.

C'est pourquoi j'ai décidé de vous livrer tout de suite les clés de ma méthode. Vous avez droit à des explications claires. Vous avez besoin de conseils pratiques. Je vais tracer en pleine lumière, pour vous, pas à pas, le meilleur itinéraire vers la pleine réalisation de vous-même.

Vous cheminez déjà vers l'accomplissement absolu, même si vous haussez les épaules.

Cela va vraiment changer votre vie. On parie?

## *Exercices*

En attendant de commencer vraiment, je vous suggère de répondre, avant notre prochaine séance, aux questions suivantes.

Ne dépassez pas dix à quinze lignes par question. Ceux qui ont déjà un identifiant envoient leurs réponses par e-mail.

1 – Aimez-vous le gras du jambon? Avez-vous tendance à le découper pour le rejeter aussitôt? Ou au contraire à le dévorer avidement? Ou bien cela vous est-il indifférent? Si vous ne mangez pas de jambon, dites pourquoi.

2 – Quand et dans quelles circonstances vous est-il arrivé de dire « je suis heureux » ? Qu'entendez-vous par ces mots ?

3 – Quelle quantité de légumes serait nécessaire pour transformer le lac Léman en pot-au-feu ? Cela vous paraît-il une bonne idée ? Pourquoi, à votre avis, vous pose-t-on cette question ?

4 – Quand on vous propose un produit ou un service gratuit, être-vous content ? Méfiant ? Les deux ? Aucun des deux ?

5 – Un masochiste que l'on refuse de faire souffrir est-il satisfait ?

6 – Seriez-vous disposé(e) à payer très cher quelque chose qui vous fasse extraordinairement plaisir ? Si oui, quoi par exemple ? Si non, pourquoi ?

7 – Quand il vous faut attendre, debout, dans la rue, et seul(e), à quoi pensez-vous ?

8 – Vous souvenez-vous de votre première colère ? De votre dernier fou rire ?

9 – Imaginez une autre fin pour *La Belle au bois dormant*.

10 – Inventez la dixième question, de telle sorte qu'elle complète logiquement la série.

# Comment tout a commencé

« Tous deux, en vrais scélérats que rien n'intimide,
parfaitement prêts aux mauvaises besognes, et dûment
associés, eurent vite compris que l'homme vit sous
la tyrannie de ces deux grandes passions, l'espoir
et la peur. »

Lucien,
*Alexandre ou le Faux Prophète*,
8, 4-8.
Traduction française de Marcel Caster.

# Marcel à Xavier

Mon vieux,

Comme prévu, je viens d'achever les premières pages de la méthode totale. Je te les envoie ci-joint. Ça commence, comme tu en avais eu l'idée cet été, par « Ce qui suit va changer votre vie », et je pense que ça devrait fonctionner.

J'espère que, dans quelques mois, nous aurons gagné notre pari. Nous serons des gourous! Des coachs super-stars! Je donnerai des consultations. Tu organiseras des séminaires, des stages, des cycles, des symposiums. Nous aurons clients, disciples, groupies...

Ce n'est pas compliqué. De jour en jour, je comprends mieux combien que tu as raison. Les ressorts sont toujours les mêmes : les gens sont paumés, malheureux, médiocres. Je leur affirme qu'ils sont géniaux, créatifs, capables de tout, et d'abord d'être heureux, pleinement. Je les rassure, ensuite je les excite : ils vont pouvoir aller de plus en plus loin, plus vite, et de plus en plus fort... sans limites. Tout ce qui est sans limite, ils adorent ça!

J'ai retenu ton conseil : pas de pudeur, de la grosse artillerie. C'est vrai que ça fonctionne! Plus c'est creux, plus ils en redemandent. Ils sont toujours prêts à gober les pires conneries. L'affirmation la plus stupide, le subterfuge le plus grossier, ils n'y voient que du feu, du moment qu'ils en reçoivent une lueur d'espoir...

Au début, ça m'écœurait. Grâce à toi, j'ai fini par comprendre que la bêtise est sans fond. Inévitable et sans fond. L'étendue de la crédulité est dépourvue de bornes. Inévitable, elle aussi, et infinie. Personne n'y changera rien.

Alors, autant en profiter ! Après tout, ça ne nuit à personne. Si ça nous rapporte, quoi demander de plus ? J'ai bien retenu tes leçons, comme tu peux le constater.

Au fait, j'ai pas encore de bio. De l'expérience, évidemment, d'innombrables succès, peut-être aussi, j'y pense à l'instant, un échec cuisant, ça fait toujours bien dans le tableau : « Le jour où j'ai fait erreur »... Mais je n'ai pas un vrai cursus avec un CV en béton. Si tu as des idées...

À toi,

Marcel

# Xavier à Marcel

*Dear,*

Oui, tu commences à saisir. Mais il y a encore du chemin à faire. Je viens de lire ton introduction. Commence par me virer les exercices de la fin. Ils sont nuls, personne ne peut y croire. Fais attention : si tu franchis trop vite la frontière du vraisemblable, tu peux fermer boutique ce soir.

Dans ce texte, d'autre part, tu vas trop vite vers la solution. Tu n'insistes pas assez sur la difficulté de vivre et la nécessité d'un apprentissage. Or, si ce point-là n'est pas intégré, quelle raison auront-ils d'acheter nos conseils ?

Il y a trois étapes que tu dois suivre sans en brûler une seule :

## 1 – Les convaincre que vivre est difficile

Ce résultat n'est pas trop compliqué à atteindre : la plupart des gens pataugent dans le malheur, l'échec, l'ennui, toutes ces sortes de merdes. Ils savent bien que l'existence n'est pas commode. Malgré tout, il n'est pas inutile d'en remettre une couche.

Tu dois donc toujours leur rappeler, pour commencer, combien ils sont désemparés. Remets-leur en mémoire leurs ratages, leurs moments de honte. Rappelle toutes ces occasions qu'ils ont manquées, ne les ayant même pas vues venir, ou n'ayant su comment les saisir.

Au bout d'un moment, ils auront le sentiment qu'il y a des menaces et des pièges partout. Toutes les clés leur manquent. Ils ont tout à apprendre. Ça tombe bien, tu es là! Et toi, tu vas justement tout leur apprendre. Tout, tout, tout!

## 2 – *Les persuader que vivre nécessite un apprentissage multiple*

Tout est à faire, absolument tout. N'oublie jamais ça : ils ne savent rien, même pas les choses les plus élémentaires. Ils se trompent sur toute la longueur, quel que soit le sujet. Il faudra donc tout leur enseigner : comment respirer, comment boire, comment manger, comment dormir. Comment se laver, comment s'habiller, comment s'entretenir et s'exercer. Et aussi : comment baiser, comment parler aux autres, comment écouter, comment s'occuper des enfants, comment travailler, comment conduire sa carrière. Et encore, et surtout : comment gérer ses émotions, comment combattre le stress, comment être heureux. Bref, comment être soi. Tu ne répéteras jamais assez les mots suivants : « réalisation de soi », « accomplissement », « plénitude », « actualisation » et autres synonymes.

### 3 – *Leur montrer que tout est à apprendre, et en même temps... rien!*

Là se trouve la clé de tout le reste. Nous devons parvenir à vendre une foule de recettes qui ne sont, en fait, que des moyens de retrouver ce que chacun possède déjà : le corps, le souffle, l'instinct, la vie, le cerveau. Cela nous permet de tout enseigner, puisque tout a été perdu, et de ne jamais paraître artificiel, puisque tout était déjà là aupavant. Très important, je répète, ce point : la technique que tu transmets n'est jamais un éloignement de la nature, un ajout culturel. Au contraire, elle reconduit à l'authentique, elle restaure l'accès à la puissance originaire de la vie.

N'oublie pas d'y mêler de l'insolite. Pour réussir une méthode, c'est trois bons quarts de banalité absolue et un petit quart de délire. Pour qu'on la remarque, il faut toujours un truc spécial, de préférence un élément habituellement négligé. Les orteils, par exemple. « Vos orteils révèlent votre personnalité », ce serait pas mal. « *Toes and soul* », c'est mieux... Bon, tu vois ce que je veux dire.

N'oublie pas d'inventer des combinaisons inédites. Là encore, c'est vraiment simple : toutes les méthodes existantes peuvent entrer en combinaison pour en créer de nouvelles. Par exemple : psychanalyse avec massage d'orteils, relaxation avec huile de rhubarbe, rêve éveillé avec cure de radis noir, etc.

Pour ta bio, tu te débrouilles... Dis donc, ce n'est quand même pas à moi de faire tout le boulot!

L'essentiel, c'est que tu aies suivi une formation scientifique, que tu sois parti dans l'Himalaya ou je ne sais où chercher la vérité, et qu'au retour tu aies suivi une bonne cinquantaine de thérapies diverses avant de découvrir ta propre méthode.

À toi,

Xavier

# Marcel à Xavier

Mon grand,

Une fois de plus, merci! Grâce à toi, je crois que cette fois je commence à être au point. Nous allons bientôt pouvoir nous jeter à l'eau, et gouroutiser pour de bon des tonnes d'âmes en peine pour des prix exorbitants.

Ces dernières semaines, j'ai ruminé à nouveau tes conseils. Résultat : ce qu'il nous faut marteler tout le temps, ce n'est pas seulement de nouvelles combinaisons des méthodes existantes, c'est bien, avant tout, notre invention de LA MÉTHODE TOTALE, celle qui va permettre de combiner à l'infini toutes les autres, anciennes ou actuelles, passées ou à venir, corporelles et psychologiques, médicales et magiques, rationnelles ou intuitives, orientales ou occidentales...

Ça devrait marcher, parce que les gens veulent tout. Tout à la fois, sans se préoccuper des compatibilités ou des impossibilités. Ils rêvent d'avoir de l'argent et du dépouillement, des orgasmes interminables et du temps libre, des pouvoirs surnaturels et des cheveux en pleine forme. Ils rêvent d'être au calme et de vivre des grandes aventures, de ne rien faire et de gagner gros, de bâfrer et d'être minces. Ils veulent jouer les mystiques et les stars du X dans le même film.

Eh bien, on va leur dire qu'ils ont raison! Que c'est possible, et qu'on va tout leur obtenir. Que ça ne dépend que d'eux. Pour y arriver, il leur suffira de suivre la méthode totale, celle qui combine toutes les formes connues (et inconnues !) de thérapies et de techniques de bien-être : la Californie des années 1960 et le signifiant lacanien, le biofeed-back et les huiles essentielles, les jeux de rôle et le karaté sophrologique, le drainage lymphatique et le qi gong, le shiatsu et l'huile de rhubarbe, l'acupuncture et le bouddhisme tantrique, les arômes de fruits et le cri primal, le zen et le body-building, le jogging et l'analyse transactionnelle, l'art-thérapie et la macrobiotique, le régime crétois et la thérapie cognitive, l'enveloppement d'algues et le psychodrame, la méditation transcendantale et l'électrostimulation musculaire, le hatha yoga et l'analyse jungienne, la philocalie et le caisson d'isolation sensorielle, la sexothérapie et la cure de sommeil, la philosophie des stoïciens et les ions négatifs... Enfin, bref, tout ce que tu voudras avec n'importe quoi d'autre, assaisonné de ce qui vient, assorti à ce qui passe, toujours réversible et révisable, modelable à l'infini pour personnaliser encore et personnaliser toujours cet improbable cocktail de conneries qui va très vite devenir, je le sens, l'indispensable adjuvant pour parvenir à vivre.

Comme tu t'en doutes, la simple question de la compatibilité de tous ces trucs ne devra jamais être posée. Leur complémentarité, leur capacité de renforcement réciproque, leur synergie constante seront au contraire constamment mises en avant.

Qu'en penses-tu ?

Je t'embrasse,

M.

# Xavier à Marcel

Cher,

Oui, très bien, la méthode totale ! Excellent à mettre en avant ! Bonne idée de proclamer la fin de toutes les contradictions. En finir avec les frustrations, les limitations, les contraintes, voilà le thème, tu as raison !

Ah... enfin, ne plus se soucier du tout de la réalité ! Avec un truc pareil, on va faire un malheur... Parce que les gens détestent la réalité. Ils ne le disent pas, ils ne peuvent pas le dire, mais ils détestent ça. Ils ne rêvent que d'y échapper. Ils vénèrent tout ce qui leur permet de croire qu'il est possible d'y échapper. Il ne faut surtout pas l'exprimer si brutalement, ne jamais dire crûment « finissons-en avec la réalité », tu t'en doutes, mais toujours œuvrer dans ce sens.

Il faut aussi que tu gardes en tête les règles pratiques que nous avons définies cet été. Pour te faciliter les choses, j'ai énoncé les dix commandements du coach modèle :

## 1 – Tu ne soigneras pas, tu développeras

Essentiel : tes client(e)s ne seront pas des malades, tu ne seras pas là pour les guérir. Il s'agira seulement de développer, améliorer, optimiser leurs capacités. Double avantage : tu écarteras les plus détériorés, et tu dégageras ta responsabilité en cas de pépin (si vous étiez malade, il fallait le dire...).

## 2 – *Tu ne discuteras pas, tu commanderas*

L'action du coach est fondée sur le principe d'autorité. Plus tu soumettras les clients à ta volonté, même la plus arbitraire, plus ils seront impressionnés par la puissance de ton coup d'œil et la pertinence de tes directives. Ils attendent de l'autorité, ils en redemandent, même quand elle les fait souffrir. C'est d'abord cela qu'ils viennent chercher. Tu n'en feras donc jamais trop.

## 3 – *Tu ne restreindras pas, tu élargiras*

Ta compétence de coach ne devra jamais être limitée à un secteur. C'est la vie tout entière que tu devras prendre en charge. Quand tu seras sollicité pour une spécialité définie (remodelage corporel, management de carrière, gestion de crise), tu devras toujours systématiquement déborder, montrer que le problème est global, que toutes les questions sont liées. Tu devras te mêler de tout (sexe, argent, alimentation, famille, loisirs) en jouant de toutes les méthodes. À méthode totale, coach total !

## 4 – *Tu ne t'occuperas que du présent*

Balance tout le passé, laisse tomber l'avenir. Tout devra être concentré sur « ici et maintenant ». Il faut qu'ils trouvent les moyens d'être heureux « ici et maintenant » avec ce qui se passe « ici et maintenant ». C'est comme ça qu'ils peuvent devenir heureux pour toujours : en ne sortant jamais de « ici et maintenant ». Tu vois, ou il faut le répéter ?


## 5 – *Tu élimineras tout ce qui est négatif*

Objectif central : dissoudre la peur, la souffrance, la haine, la frustration, le ressentiment, la jalousie, la culpabilité, les remords et les scrupules, les doutes, les hésitations. Chaque fois que tu repères quelque chose qui s'en rapproche (autant dire tout le temps !), tu minimises, tu renverses, tu nies.


## 6 – *Tu vanteras les capacités infinies des clients*

Comme tout le monde, ils se sentiront plus ou moins faibles, plus ou moins lâches, plus ou moins limités. Incapables de réaliser les grandes choses dont ils rêvent. Cette impasse est momentanée. Les forces qui résident en eux sont immenses. Elles pourront soulever des montagnes. Tu le leur feras savoir du matin au soir.

## 7 – *Tu gommeras toutes les contradictions*

Entre tous tes conseils que tu prodigueras et toutes les méthodes que tu préconiseras, il y aura inévitablement de multiples incompatibilités. Là aussi, tu minimises et tu nies sans hésitation. De toute façon, ils préféreront toujours que tu aies raison. Tu leur ouvriras les portes du bonheur sans fin, donc ils te croiront.


## 8 – *Tu seras toujours le meilleur*

Si tu n'étais pas le meilleur, ils n'auraient aucune raison de te faire confiance aveuglément et de t'obéir au doigt et à l'œil. Comme tout ton pouvoir repose sur cette conviction, tu ne laisseras aucune marge de manœuvre possible à ceux qui commenceraient à insinuer le contraire. Tu les écartes, s'il faut tu les élimines, par tous les moyens.


## 9 – *Tu rendras tes clients meilleurs*

Eux aussi deviendront des êtres supérieurs, tout ce qu'ils ont toujours rêvé d'être sans jamais oser l'espérer dans la réalité. Ils vont vivre plus, et mieux, et heureux, grâce à toi et grâce à eux-mêmes. Tu le répéteras en boucle.

## 10 – *Tu te feras payer le plus cher possible*

Ce que tu leur donneras n'a pas de prix : une vie heureuse pour toujours! Donc toute rémunération sera toujours en dessous de ce qu'ils te devront. Pour qu'ils sachent combien ce que tu fais est précieux, il est indispensable que toute rencontre avec toi, tout conseil de ta part, leur coûte extrêmement cher. Une fois sur cent, tu fais un geste gratuit, une démarche totalement bénévole, pour que tout le monde puisse constater que ce n'est pas l'appât du gain qui te motive.

Pour moi, je te rappelle que c'est 50 % de tous les cachets, quels qu'ils soient.

*See you soon,*

Xavier

# Six mois plus tard...

« Imagine un homme qui ne recule devant aucun travail
pour réaliser ses desseins, persuasif, sachant inspirer
confiance, habile à jouer la vertu et à prendre l'apparence
la plus éloignée de ses vraies intentions – car personne,
en l'approchant pour la première fois, n'est reparti sans
l'avoir pris pour le plus honnête des hommes, le plus
doux, et même le plus simple et le plus ingénu. »

Lucien,
*Alexandre ou le Faux Prophète*,
4, 29-39.

## Qui est Marcel Staline?

*De notre correspondant*

Non, ce n'est pas un pseudonyme! L'homme dont on parle, celui qui révolutionne aujourd'hui les méthodes de développement personnel, s'appelle réellement... Marcel Staline.

Sa mère admirait Proust, Mauss, Carné, Dassault, qui tous se prénommaient Marcel. C'est en leur mémoire qu'elle lui a donné ce prénom. Elle n'a cessé de former le vœu qu'il devienne aussi créatif, intelligent, courageux et entreprenant que ces quatre figures tutélaires.

Son père, émigré hongrois, était issu d'une famille de petite noblesse de Transylvanie. Entré clandestinement en France, ses papiers lui ont été dérobés au cours de son séjour à Marseille, dans des circonstances encore mal élucidées. En outre, il convient de reconnaître, pour ne pas trahir la vérité historique, que ce brave homme, quoique relativement sobre à l'ordinaire, était totalement ivre au moment où il pénétra, entre deux gendarmes, dans le bureau des services d'immigration. À toute question relative à son identité, il répondit « Staline! » avec un grand rire sardonique. Sa situation fut régularisée, mais le nom resta.

Marcel Staline a choisi de le conserver. À l'heure où toutes les prétendues méthodes de réalisation de soi sont américaines, ou prétendent l'être, il lui a paru souhaitable d'affirmer l'existence d'une autre filiation. On remarque déjà un premier trait de sa personnalité : l'indépendance, le goût de la liberté, ce sens profond de l'autonomie qu'il sait transmettre si utilement aux autres. Souvent en les bousculant dans leurs habitudes, parfois même en paraissant les rudoyer. Sans doute est-ce là une autre facette de la personnalité de Staline.

Il a conservé ce nom également parce qu'il symbolise l'autorité, la fermeté, et même, s'il le faut, l'intransigeance, face à tous les abandons et toutes les démissions dont notre époque est devenue coutumière.

Rien ne le prédisposait à devenir le nouveau gourou des stars, le coach international qu'il est à présent. Il s'en est expliqué hier soir en répondant aux questions des adhérents de l'association Vive la vie! qui l'avaient invité dans la grande salle de la médiathèque régionale.

Sa formation ? De longues études de philosophie sous la direction du célèbre Paul Bléfoie, le fameux philosophe auteur de *L'Un et l'Autre, L'Autre est un Je, D'un Je à l'Autre*. Homme de cœur autant que de raison, Bléfoie a su inculquer à Staline son sens de l'éthique et sa connaissance profonde de l'âme humaine.

Il ne lui a pas simplement appris à connaître les grandes œuvres de la pensée, il l'a aidé à devenir à son tour un esprit libre, capable de rayonner et de faire œuvre utile. Mais la philosophie ne suffisait pas pour assouvir le besoin d'action de Marcel. À l'âge où tant d'autres peaufinent leur plan de carrière et se résignent à des travaux monotones, il décide de partir pour l'Asie. Seul et à scooter! Deux ans de pérégrinations. Des travaux divers pour subvenir à ses besoins et, enfin, un jour, les contreforts de l'Himalaya!

Il reste là, trois ans, dans une retraite presque inaccessible, au fond d'une vallée perdue. C'est alors qu'il est initié aux pouvoirs des maîtres du yoga et aux techniques millénaires du tantrisme. À son retour, il part pour la Californie. C'est à Big Sur, au fameux centre d'Esalen, puis avec les maîtres du cognitivisme, qu'il apprendra les nouvelles méthodes de thérapie humaniste et les plus récentes découvertes en matière de développement personnel.

Cette triple formation (philosophique, orientale, thérapeutique) a permis à Marcel Staline d'opérer la synthèse des moyens les plus efficaces pour réussir la réalisation de soi-même.

Grâce à sa méthode unique, la « méthode totale », des milliers de personnes sont déjà en mesure d'accroître leur potentiel, et de suivre une progression qu'il résume lui-même ainsi : « être bien, être mieux, être plus ».

Après avoir répondu aux multiples questions d'un public nombreux et intéressé, le jeune maître a dédicacé son dernier ouvrage, *La Méthode totale*, paru aux éditions Je vis plus. Gageons que sa lecture permettra à tous les adhérents de Vive la vie! de progresser sur le chemin du bonheur.

## Le cas de Marianne L.

– Eh bien... je vous écoute.
– Oui... pardonnez-moi! Je suis un peu émue, forcément. Voilà... Je me suis décidée à venir vous voir, parce que, vraiment, je n'y arrive plus.
– Vous n'arrivez plus à quoi?
– À me supporter.
– Par exemple?
– Je me trouve trop... comment dire? Trop godiche, voilà. J'ai l'air d'une huître. Mes chevilles sont trop grosses, mes poignets aussi. Mes joues sont comme des crêpes. Quand je ferme la bouche, de profil, je peux être sur une photo. Mais de face, avec un sourire, c'est même pas la peine d'essayer!
– Vous avez quel âge?
– Vingt-huit, enfin bientôt vingt-neuf, dans deux mois...
– Vous faites quoi?
– Mannequin... Pas pour une grande agence, vous pensez bien! Je ferai jamais les grands défilés, c'est clair, j'ai l'air trop cloche. Moi, je fais les catalogues, le prêt-à-porter pour les dames de la campagne. Surtout les imperméables. Je sais pas pourquoi, je fais presque tout le temps des imperméables. Ça doit être une fringue de gourde... Oui, c'est sûrement ça, parce qu'on me propose

40

presque plus que ça. Des impers, parfois des manteaux. Ah si, de temps en temps, un tailleur. Dans le genre poches plaquées et petit revers surpiqué... c'est pas mieux. Ou des duffle-coats, ça, c'est l'horreur, c'est un vêtement pour vieilles. Et puis les attaches sont affreuses. Je déteste ces espèces de petits bouts de bambou ou de fausse corne, ces brandebourgs débiles où on se casse les ongles... Quand je mets ça, je me sens encore plus moche. C'est comme les cardigans! Là j'ai carrément envie de disparaître sous terre. Et je dois avoir l'air heureuse! Je dois faire la femme heureuse et fière d'aller chercher ses enfants à l'école avec son cardigan. Ses copines vont être vertes quand elles verront son nouveau cardigan, celui de la page 397.

– Imaginez que vous pouvez choisir sans contrainte. Pour quelle rubrique des catalogues allez-vous décider de travailler?

– La lingerie, ça, j'adorerais. Passer des après-midi dans des nuisettes en soie, c'est pas du travail! J'aimerais aussi faire les maillots. On va en novembre aux Baléares ou aux Canaries, des trucs comme ça. Ou alors les petites robes d'été. Sauf celles à fleurs. Oh oui, ça, j'aimerais vraiment. Vous pouvez m'aider? Ma copine Alicia, elle est arrivée à ce qu'elle veut, grâce à vous.

Ça, elle m'a bien expliqué. Ah la la... tout ce que vous avez fait pour elle! J'en revenais pas, quand elle m'a dit. Et lui changer sa teinte, et lui refaire sa frange, et lui choisir sa lingerie... et tout ce qu'elle m'a dit en plus, j'y croyais pas! Non, mais c'est vrai, on croit pas qu'un coach il fasse tant. Oh ça, quand elle m'a dit, j'arrivais

41

pas à le croire. Parole! Je lui disais tout le temps :
« Non... c'est pas vrai... non... c'est pas possible ». Si, si,
comme je vous dis, je pouvais pas m'y faire.

Maintenant, qu'est-ce qu'elle est heureuse! C'est simple,
c'est plus la même fille. Je la connais depuis la sixième, je
vous assure, on était ensemble à Sainte-Bernadette, eh
bien, je la reconnais plus, des fois. Comme si c'était une
autre. Alors, pensez, quand j'y ai dit que je pouvais plus
me supporter, elle a fait ni une ni deux, elle m'a dit
comme ça : « T'as pas une seconde à perdre, ma petite,
(on a le même âge, mais elle m'appelle toujours " ma
petite "...) il faut que t'ailles chez Monsieur Marcel »...,
c'est comme ça qu'elle vous appelle, « Monsieur Marcel ». Alors, moi, j'ai dit oui, vu le bien que ça lui fait. Et
puis me voilà.

– Vous connaissez la méthode totale?

– Oui... enfin, non... je veux dire un peu. Alicia m'en a
parlé. En fait, j'ai pas bien compris. Je sais que c'est bien.
C'est la totale...

– La méthode totale, c'est le rêve qui devient réalité. Les
deux principes fondamentaux sont très simples : s'accepter, se transformer. Vous devez d'abord découvrir qui
vous êtes vraiment, et vous aimer comme vous êtes vraiment. Quand vous vous êtes acceptée, alors vous pouvez
commencer à changer. C'est compris?

– Oui, je crois.

– De toute façon, vous allez emporter le texte de la leçon
« Je vis avec moi-même ». Il existe en brochure, il y a
aussi un disque, que vous pouvez écouter où vous voulez.
On peut commencer?

42

– Ben oui.

– Objectif 1 : s'accepter. Qu'est-ce qui vous déplaît dans votre personnalité ?

– Ben, comme j'ai dit, c'est d'avoir l'air gourde.

– C'est une idée que vous vous faites. Quand vous êtes-vous sentie gourde pour la première fois ?

– Je ne sais pas... Ah si ! Je devais avoir quatre ans, ou cinq, et je ne savais pas faire marcher la toupie de mon cousin, et il s'est moqué de moi. Je crois que c'était la première. Après, j'ai toujours eu honte d'être gourde.

– Au contraire, il faut que vous soyez fière d'être gourde ! Dites-vous que vous l'avez toujours été et que vous le serez toujours. Godiche *for ever* ! Pensez que vous êtes la plus gourde *in the world*. Vous êtes dans le *Guinness Book of Records*, la plus grande gourde du monde ! Programmez votre esprit pour penser positif : une gourde, qu'est-ce que c'est ? Une sauvegarde contre la soif. La gourde accompagne les sportifs, les randonneurs, les scouts, les alpinistes, les campeurs, les pèlerins, les militaires, les scouts, dans toutes leurs aventures, leurs longues marches, leurs veillées au coin du feu, leurs nuits à la belle étoile. Sans la gourde, rien à boire. Elle est la gardienne de la vie, la compagne indispensable et modeste de tous ceux qui parcourent le monde. La gourde est proche de la nature, proche des sources, des ruisseaux, des torrents de montagne.

– Oui... mais moi, quand je dis gourde, je veux dire nouille, godiche, conne, nulle.

– J'ai bien compris. Mais vous devez voir ça positivement. Vous croyez que les autres vous trouvent idiote.

D'abord, ce n'est pas sûr. Mais, puisque vous en souffrez, admettons que ça soit certain. Regardez comme c'est fantastique d'être une imbécile! Pas de complications, pas de prise de tête, de la tranquillité, de la sérénité, que du bonheur! Mais oui, ma grande, l'idiotie, c'est le bonheur! Plus vous êtes bête, plus vous avez des chances d'être heureuse.

– Non... j'y crois pas.

– Si! Je vous assure! Vous êtes privilégiée! Vous êtes sur la meilleure voie. Soyez rassurée d'être nulle. Soyez heureuse d'être nouille, fière de votre nullité! Ne croyez pas que je plaisante. Je ne plaisante jamais avec la vie de mes patients. Je suis profondément convaincu que votre imbécillité (ce que vous appelez comme ça, mais je ne me prononce pas) est votre force essentielle. Tenez, savez-vous ce qu'on dit en Inde? « Il n'y a pas moyen de distinguer l'idiot et le sage. » Vous vous croyez stupide, alors que c'est sans doute le signe de votre grande sagesse.

– Je sais pas. La plupart du temps, je me tais, vu que j'ai rien à dire.

– Justement! Pas de paroles inutiles, pas de bavardages stériles. La vacuité! Le grand silence! Savez-vous quel était le nom principal de Bouddha?

– Non...

– Çakyamuni. Muni, le silencieux. L'ascète silencieux du clan des Çakya. Le Bouddha, lui aussi, se taisait beaucoup, ne répondait pas aux questions de ses disciples, en tout cas les questions compliquées, inutiles... Et le Christ! Le Christ ne dit-il pas : « Heureux les pauvres en esprit, car le royaume des cieux est à eux » ? Alors, vous voyez, il n'y a vraiment pas de quoi vous attrister.

N'hésitez pas à répéter, chaque soir, chaque matin, cinquante fois au moins : « Je suis conne et c'est bien. Je suis nulle et j'aime ça. » Vous verrez, très vite, vous vous sentirez mieux dans votre peau. Vous serez fière de vous, au lieu d'être toute recroquevillée comme aujourd'hui. Écartez les jambes.

— Comment ?

— J'ai dit : écartez les jambes. Ça vous empêchera d'être toute recroquevillée. On continue. Je vais vous donner, en plus de la leçon à lire, des exercices et des consignes. Mais il faut d'abord voir l'objectif 2 : vous progressez, vous n'êtes plus la même, vous vous transformez. Puisque vous avez souhaité que je sois votre coach, je prends mes responsabilités. Vous allez changer de nom, de coiffure, de maquillage. Si vous pouvez déménager, ce sera encore mieux. Si vous voulez rompre avec votre *boy friend*, c'est le moment. Votre prénom ?

— Marianne...

— Ça ne vous convient pas du tout. C'est un nom qui vous tire en arrière, vers la campagne, la République, les mairies de province. Désormais, vous vous appelez Alessandra. Ça vous va très bien. L'Italie, l'Égypte, la Grèce antique, des voyelles ouvertes, c'est très dynamique.

— C'est vrai que j'aime bien...

— J'en étais certain. Pour les cheveux, plus de bouclettes, et pas si longs. Une coupe droite, au carré, avec une frange raide sur le front. Cherchez aussi la couleur. Ce blond cendré ne vous va pas. Rouge très foncé, c'est ça qu'il vous faut. Avec des lunettes noires, toujours, et un rouge à lèvres très vif. Bon. On se revoit dans quinze jours.

Bienvenue dans votre nouvelle vie. N'oubliez pas : tout dépend de vous! de vous, et de vous seule.

En attendant notre prochain rendez-vous, voici ce que vous allez faire :

1 – Chaque matin et chaque soir, vous allez chercher comment être beaucoup, beaucoup plus gourde que d'habitude. Vous notez vos idées, et chaque jour vous en mettez une en pratique.

2 – Chaque jour aussi, vous devez boire un litre et demi d'infusion de romarin, froide. Du romarin de Provence, biologique. J'insiste : biologique, sinon ça n'aura aucun effet.

3 – Passez une heure ou deux chaque après-midi à essayer de la lingerie et prenez des photos numériques. Vous les enverrez par Internet à cette adresse. Cela peut vous aider pour les catalogues.

Pour la brochure et le disque, vous voyez avec mon assistante, en même temps que pour les honoraires. À bientôt, Alessandra!

Au fait, mon assistante vous avait bien prévenue que notre séance de travail est enregistrée en vidéo? C'est seulement pour nos archives, pour la mémoire du Centre, vous comprenez?

– Oui, bien sûr, je comprends. Non, on ne m'avait rien dit.

46

— Vous n'y voyez pas d'inconvénient, n'est-ce pas ?
— Non, je ne vois pas...
— Parfait, vous signerez aussi le papier que vous donnera à ce sujet mon assistante. Merci beaucoup, et à bientôt !

## Je vis avec moi-même

Vous n'avez pas de temps à perdre. Vous avez raison. Allons donc directement à l'essentiel.

Premier obstacle : un verrou bloque l'accès à tout, à vos capacités, à votre vraie vie. Ce verrou, le voici : vous n'avez pas encore commencé à vous accepter.

Oh, je sais bien, vous croyez vous connaître ! Vous pouvez faire la liste de vos qualités et défauts, aligner les points forts et points faibles. Vous êtes en mesure de retracer votre évolution, de décrire vos capacités. Sur vous-même, vous en savez un rayon. Ou plutôt vous imaginez savoir. Car il suffit de vous écouter pour voir que vous parlez d'une autre personne. Idéale, à venir. Ou bien ancienne, déjà disparue.

Comme vous êtes, en vrai, à l'instant, vous ne le savez pas. Parce que vous esquivez la question. Et c'est normal. Nous avons tous tendance à nous projeter dans l'avenir ou à nous réfugier dans le passé (et souvent les deux ensemble) plutôt que de regarder le présent tel qu'il est, et nous-mêmes tels que nous sommes.

Cette esquive a une raison très profonde. Nous ne voulons pas regarder en face ce simple fait : jamais nous n'échappons à qui nous sommes. Pas moyen de voir les choses du dehors. Pas moyen de ressentir le monde dans la peau d'un autre. Pas moyen de sauter en dehors de notre existence. Quelle que soit notre condition, physique, mentale, sociale, que nous soyons grand ou petit, beau ou laid, rapide ou lent, endurant ou fragile, il n'y a pas moyen de s'en défaire.

C'est encore trop peu dire. Car on peut changer, améliorer ou détériorer sa santé, gagner ou perdre des facultés intellectuelles ou du pouvoir, ou des fortunes. Mais on ne saurait s'extraire de soi, de cette masse de chair et de conscience mêlées, ce corps sentant qui monologue en silence.

Vous n'avez pas envie d'entendre qu'il en sera ainsi toujours, tout le temps, jusqu'à la fin. J'insiste : sans arrêt, sans répit, sans la moindre pause, absolument sans échappatoire d'aucune sorte. Cela tétanise, écrase, fait lever le cœur de dégoût et d'un malaise sourd qui n'a pas de nom. Se trouver indéfiniment enclos en soi, quel cauchemar !

Vous voilà prisonnier, à vie, d'une présence unique. Comme si vous étiez enchaîné à perpétuité à un partenaire que vous n'avez pas choisi. Vous pouvez essayer de vous éloigner, de vous décoller. Rien n'y fait. Impossible de prendre de la distance. Vous êtes enfermé en vous-même. Vous ne parviendrez jamais à vous évader.

On pourrait croire qu'il existe des interruptions. Drogues, ivresses, extases, coma, sommeil, syncopes... Erreur ! De telles « parenthèses » se trouvent prises à l'intérieur de vos phrases. Elles appartiennent à votre texte. C'est encore à vous que cela arrive, à vous seul et à personne d'autre.

Cette adhérence à soi-même peut être vécue comme un écrasement, un supplice. Vous vous sentez enfermé sans recours dans votre existence. Collé dans votre chair, à jamais incapable de vous en arracher. Et vous pouvez, si vous en restez là, légitimement éprouver un sentiment d'écrasement, d'étouffement. Une lassitude extrême. Un abattement qui vous conduit tout droit à la dépression.

Ça, c'est la face noire, celle de la souffrance et de l'incompréhension. Il ne tient qu'à vous de passer sur l'autre versant. Le secret : accepter cette réalité et, à partir de là, la transformer. Ce que vous prenez pour votre moi limité, il se pourrait bien, si vous le regardiez autrement, que ce soit l'univers entier, dans sa diversité infinie !

N'allons pas trop vite. Il y a plus simple, beaucoup plus simple. Immédiat et proche. Ce moi que vous ne quitterez jamais, le connaissez-vous vraiment ? Avez-vous déjà songé à découvrir ses richesses, ses capacités ? Et surtout, vous êtes-vous jamais demandé ce qui changerait, radicalement, si vous commenciez seulement par considérer que c'est ainsi, sans question, sans souci. Nous sommes chacun particulier. Chacun unique. Chacun limité. Et ce n'est pas un drame, tant que nous ne transformons pas, nous-même, cette situation en tragédie !

Vous êtes vous, inévitablement. Et ce n'est ni bien ni mal. Comme le lait est blanc ou l'herbe verte. Je ne connais personne qui regrette nuit et jour que l'herbe ne soit pas rouge. Personne non plus n'est obsédé par le triste fait que le lait est blanc. Être soi est d'abord de cet ordre. Un fait neutre, rien de plus. Ce n'est rien d'autre qu'un point de départ. À vous, avec cette donnée, d'inventer votre existence.

## Cinq exercices de base

### 1 – *Je sors de mon corps et j'y reviens quand je veux*

C'est un des plus anciens exercices des maîtres yogin de l'Inde traditionnelle. Peu importe que vous croyiez ou non qu'ils aient acquis réellement un tel pouvoir. Il suffit, pour commencer à desserrer une sensation d'enfermement dans votre corps, que vous imaginiez avoir cette faculté.

Représentez-vous donc votre corps vu d'en haut, resté sur le lit, alors que vous flottez vers le plafond ou que vous partez par la fenêtre faire un tour dans le quartier. Au premier mouvement, vous réintégrez votre place d'origine, moins oppressé par le sentiment d'y être rivé une fois pour toutes.

### 2 – *Je voyage dans la vie des autres*

Quand vous serez familiarisé avec les allées et venues hors de votre corps, commencez à essayer d'emprunter celui des autres, par surprise, selon les gens qui passent dans le voisinage.

Vous pourrez alors faire un bout de chemin dans la vie d'un expert-comptable ou d'un terroriste, d'une prostituée ou d'un marchand de vins, ou plus simplement d'un agent de police ou d'un professeur de mathématiques, dans l'hypothèse où votre vie habituelle ne figure pas dans cette liste.

51

## 3 – *J'oublie qui je suis*

À force de sortir de vous-même et d'emprunter temporairement d'autres existences, même si ce n'est qu'un jeu imaginaire, vous saurez de moins en moins clairement qui vous êtes. Vous finirez même par atteindre un palier où, tout en connaissant par cœur vos données personnelles, vous vous en sentirez de plus en plus loin, de plus en plus intérieurement détaché.

## 4 – *Je me réveille autre !*

Vous pouvez envisager qu'un matin, en vous réveillant, vous vous retrouviez dans un corps différent, un lieu inhabituel, une vie qui n'a rien à voir avec vos habitudes, éventuellement dans un pays que vous ignorez, en train de parler une langue dont vous ne saurez même pas le nom.

## 5 – *J'apprends à aimer mes défauts*

Vous vous croyez maladroit(e), ou moche, ou timide, ou empoté(e). Peu importe que ça soit vrai ou non, en tout cas les autres vous le disent, vous font comprendre que c'est un point faible et vous avez fini par le croire. C'est cela qu'il faut défaire.

Voyez les avantages de ce prétendu défaut, imaginez tous ses bons côtés. N'hésitez pas à exagérer sa présence et à intensifier ses effets. Jugez-le de manière positive, avec tendresse, avec indulgence et gentillesse.

N'oubliez pas de noter vos impressions, vos résultats. Ce journal de vos expériences vous servira par la suite.

## Marcel Staline à Paul Bléfoie

Cher maître et ami,

Comme vous l'avez su, je pense, par les journaux, le Centre que j'ai ouvert il y a quelques mois avec Xavier Bias est devenu florissant.

Nous ne savons plus où donner de la tête, et nous allons devoir bientôt embaucher à nouveau du personnel.

Comme vous êtes en quelque sorte le parrain philosophique de nos travaux, c'est avec joie que nous vous adressons, ci-joint, un DVD de l'une de nos dernières consultations. Vous pourrez ainsi vous faire une idée de notre travail quotidien, en grande partie inspiré de votre enseignement.

Avec notre respectueuse et fidèle amitié

Marcel Staline

# Paul Bléfoie à Marcel et à Xavier

Mes amis,

Je viens de visionner la vidéo que vous m'avez adressée hier, et je tiens à marquer aussitôt, avec toute l'affection que je vous porte depuis toujours, ma plus totale désapprobation. En effet, ce que je viens de voir est à la fois pitoyable et révoltant. Comment pouvez-vous abuser, avec tant de cynisme, de la naïveté et surtout de la souffrance de cette jeune femme ? Car vous paraissez oublier que cette jeune Marianne souffre. De quoi exactement, je l'ignore, tout autant que vous. Son malaise a sans doute d'autres causes que son apparence physique, qui n'a rien de réellement désagréable. Je ne connais pas l'origine de son sentiment d'insuffisance, car je ne suis ni psychologue ni devin, rien que votre « vieux maître en philosophie », puisque vous avez conservé l'habitude de m'appeler ainsi. C'est donc à ce titre que je désapprouve profondément votre grave manquement aux règles de l'éthique.

Vous utilisez en effet le désarroi de cette personne pour assurer votre emprise sur son existence, pour lui extorquer de l'argent, pour manipuler sa volonté, pour modifier son apparence. Vous allez jusqu'à changer son nom, sans hésitation, sans pudeur, sans conscience ! Vous vous souvenez sans doute que j'ai écrit, dans *D'un Je à l'Autre*, que « l'humain est toujours le même que l'autre, et l'autre toujours l'humain même ». Ce que j'ai

55

pu voir de vos nouvelles activités va totalement à l'encontre de cette pensée, à l'encontre de tout ce que je vous ai toujours enseigné, à l'encontre, tout simplement, du respect humain et de la dignité des personnes.

Je ne prendrais même pas la peine de vous écrire si vous ne vous réclamiez pas publiquement de ma pensée et si, d'autre part, une amitié déjà ancienne ne m'avait permis d'apprécier en vous deux une humanité que, cette fois, je ne reconnais plus.

Je souhaite donc instamment vous transmettre une consigne impérative et un vœu personnel.

La consigne, sur laquelle vous devez savoir que je ne transigerai pas, est que jamais ni mon nom ni aucune phrase de mes livres n'apparaissent plus dans aucun des documents concernant vos activités.

Le vœu, c'est que vous preniez la peine, si vous le pouvez, de m'expliquer ce qui a pu vous conduire dans ces parages dangereux.

Avec colère et tristesse,

Votre « vieux maître »,

Paul Bléfoie

# Marianne à Alice

*(e-mail, 20 h 32)*

Salut Titepoule,

C'est trop incroyable ce que ça a marché! Ils m'ont prise pour une totale conne. Le type qui se fait appeler Marcel Staline, il a été odieux, odieux, tu peux pas savoir. Encore plus qu'avec toi! C'est pas peu dire... J'ai tout enregistré, je te fais écouter quand tu veux.

On va faire un papier d'enfer, avec ça, ma grande. Je vois d'ici les filles du journal... vertes!

Il faudra faire relire au juridique pour être sûres d'éviter les procès.

Je t'embrasse,

Ta Nayram

# Entre Marcel et Xavier

— Allô, Xavier ?

— Salut, y a du nouveau ?

— T'as lu la lettre de Bléfoie ? Je te l'ai faxée il y a dix minutes.

— Ouais, bof... laisse, il n'y a rien à tirer de ce mec, il est liquide, maintenant.

— Mais tu as vu comment il nous parle ? Cette vieille raclure, il manque pas d'air ! Il a intérêt à baisser d'un ton, parce que si je balance la moitié de ses histoires de touche-pipi et de petites culottes, il va avaler son dentier, c'est moi qui te le dis !

— Laisse, Marcel, c'est un teigneux, il peut nuire, tu n'as pas intérêt à te lancer là-dedans.

— Alors, qu'est-ce qu'on lui répond ? Tu sais bien qu'on a besoin de le citer. « Deux élèves de Paul Bléfoie ... », ça fait sérieux.

— Ça fait naphtaline et compagnie, à mon avis.

— Non, tu as tort, il est vraiment connu. Même la pétasse qu'on lui a montrée, je suis sûr qu'elle connaît le nom de Bléfoie. Elle n'en a jamais lu une ligne, elle n'y comprendrait rien, mais elle sait qui c'est : un philosophe, un moraliste, tout le toutim. Je veux absolument qu'on le garde dans les brochures, et sur le site, et dans ma bio.

— Tu as peut-être raison, je veux dire pour une fois... Alors ?

— Alors, il faut trouver !

– Laisse-moi réfléchir...

– Allez, le SAMU, on accélère!

– Facile! Voilà : on vire à 180°. Fax dans dix minutes, je te donne la mélodie, tu feras les violons :

« Cher maître et ami, recevez nos remerciements et nos félicitations. La vidéo que nous vous avons adressée a été réalisée avec la complicité d'une de nos amies comédiennes. Nous avons voulu montrer ce qui guette bien des patients, victimes aujourd'hui de faux gourous sans scrupule. Nous sommes fiers de dénoncer ce scandale, et j'espère que vous ne nous en voudrez pas de vous avoir fait tomber dans ce panneau quelques heures. Ce test nous montre que nous pouvons atteindre notre but. Affectueusement à vous. Vos disciples amicaux et facétieux... Marcel et Xavier ». Ça te va?

– Excellent! Je m'en occupe. À tout à l'heure!

## Entre Marcel et Xavier, le lendemain

— Allô Marcel, c'est Xavier. Je te dérange?

— Fais vite, je suis entre deux conférences. C'est la folie, ici. Je n'aurais jamais pensé que ça marcherait si fort... Je t'écoute.

— Juste pour te rassurer : Bléfoie a reçu la lettre. Il vient de m'appeler. Il nous félicite, il en pleurait presque. Opération terminée, tout est en ordre. J'ai quand même une question : pourquoi tu lui as envoyé cette cassette?

— Tu vois vraiment pas? Ça me tue. Tu es tellement gamin!

— Vas-y...

— Il cherche une assistante. En fait, ce serait une fille pour faire ses courses, et plus si affinités. Cette pouf est assez dans son genre. J'ai pensé qu'il allait flasher dessus. S'il l'engage et qu'elle lui fait des gâteries, nous, on fait de lui ce qu'on veut...

— T'es vraiment une belle ordure!

— Monsieur est trop bon... *Ciao.*

## Les méthodes de Staline

*Le nouveau pape du développement personnel
Macho ? Imposteur ? Dangereux ?*

Une enquête de Marianne Laforêt
avec Alice Fluck

Franchement, nous n'aurions jamais cru qu'une chose pareille était possible. Quand nous avons entamé notre enquête sur Marcel Staline, son centre et sa « méthode totale », nous n'avions pas d'idée préconçue. Enfin... soyons franches, nous pensions nous amuser un peu. Nous avions envie de nous moquer, plutôt gentiment, de tous ces coachs qui paraissent si sûrs d'eux-mêmes. Ils savent tellement ce qu'il nous faut ! Cette mâle assurance valait bien une petite mise en boîte.

Mais nous n'avons pas l'habitude de publier un article sans être allées voir, et plutôt deux fois qu'une, les gens dont nous parlons. Braves filles, nous nous sommes donc inscrites pour un rendez-vous, non, pardon, un « bilan corps-âme personnel » avec Marcel Staline en personne ! (Heureusement que nous étions envoyées par votre magazine préféré. Autrement, les honoraires, pour chaque bilan, représentaient, à peu près, un mois de salaire pour chacune !)

Surtout, surtout, nous n'aurions pas imaginé la vulgarité et le machisme ordinaire que suintent ces séances. C'est pourquoi nous avons décidé de tout vous raconter en détail. Il faut que chacune sache quel danger la guette si elle se fait piéger par ce genre d'officine.

Nos lectrices doivent être informées, mises en garde et, nous l'espérons, protégées. Les méthodes inqualifiables de ce *king*-gourou et de ses semblables doivent être dénoncées, et, nous l'espérons, poursuivies et condamnées.

La première impression est plutôt neutre. La page d'accueil du site « La méthode totale » est sans surprise : comme tout coach qui se respecte, Marcel Staline peut vous faire arrêter de fumer, vous aider à perdre quelques kilos, vous assurer de meilleurs orgasmes, et aussi vous permettre de gérer votre stress, ou votre carrière, ou votre potentiel, ou votre capital santé. L'originalité, vous l'avez déjà compris, et le site vous le répète à qui mieux mieux, réside dans la combinaison permanente de toutes les méthodes existantes.

Tout ça n'a rien de bien terrible, au premier regard. Là où j'ai trouvé la situation bizarre, c'est pendant le premier entretien téléphonique. Pour obtenir un rendez-vous avec Marcel Staline, il faut répondre à une bonne trentaine de questions. Au départ, banales comme tout. Nom, prénom, date de naissance, etc. Religion, déjà, ça devenait curieux. Revenus mensuels, c'était direct. Mais ce n'était que le début du début.

La fille au téléphone m'avait informée que notre entretien était enregistré, « pour que Marcel Staline lui-même puisse entendre votre voix ». Elle avait aussi précisé que, si je ne souhaitais pas répondre à l'une des questions, personne ne m'en tiendrait rigueur. Il se trouvait seulement, avait-elle ajouté sur un ton neutre et bienveillant, que « Marcel Staline ne retient pour un rendez-vous que les dossiers absolument complets ».

Il s'agissait « d'établir mon profil », afin que « Marcel Staline ait tous les éléments utiles à sa disposition pour le rendez-vous qui va sans doute changer votre vie » (moi aussi j'enregistrais la conversation, évidemment). Là, je suis allée de surprise en surprise. Je pensais en avoir déjà vu pas mal dans la vie. Eh bien, non, les filles, je n'avais rien vu ! Écoutez plutôt.

Bilan médical : taille, poids, mensurations, âge des premières règles, maladies sexuelles, maladies diverses, traitements en cours, opérations anciennes ou récentes... On aurait dit un questionnaire pour compagnie d'assurances ! J'improvisais comme je pouvais des réponses vraisemblables.

Bilan financier : patrimoine, héritages en vue, épargne, impôts sur le revenu, principales charges, crédits en cours... De mieux en mieux !

Bilan psychologique : diriez-vous que vous êtes plutôt émotive, plutôt renfermée, plutôt agressive ? Quels sont vos souvenirs d'enfance les plus marquants ? Frères ? Sœurs ? Quand vous pensez à votre père, vous ressentez quoi ? Et votre mère ? Vous rêvez souvent ? Qu'est-ce qui vous fait peur ? Vous amuse ? Vous angoisse ?

La cerise sur le gâteau, c'étaient les dernières questions, celles du bilan sexuel : masturbation depuis quel âge ? Premier rapport ? Orgasme ? Fréquence ? Aimez-vous la fellation ? La sodomie ? La sexualité de groupe ? Aimeriez-vous tourner dans un film à caractère pornographique ? Avez-vous des fantasmes ? Lesquels ?

À la fin, deux jokers :

— Que souhaitez-vous demander à Marcel Staline ?

— À quel numéro de portable peut-on vous rappeler dans les jours qui viennent ?

Vous voyez un peu ce qu'on endure pour vous informer ! Si je n'étais pas une incarnation de la conscience professionnelle, j'aurais raccroché quelque part entre mes premières règles et mon plan d'épargne logement. Mais on n'est pas reporter pour rien. Je me suis dit qu'il y avait des filles envoyées sur les guerres, les famines, les tremblements de terre... alors, je pouvais bien faire Marcel Staline ! J'ai tenu. Jusqu'au rendez-vous.

Les huit jours qui ont précédé, j'ai eu je ne sais plus combien d'appels sur mon portable. Pour confirmer, pour préciser, pour valider, pour vérifier, pour revérifier, pour donner le code... c'était pire qu'une entrevue avec un chef d'État. Vu le nombre de gens, tous différents, qui m'ont appelée pour le même rendez-vous, ça ne m'étonne pas qu'on ne s'en tire pas à moins de 1 800 euros les 20 minutes... Oui, vous avez bien lu : un « bilan personnalisé », avec « coaching direct » de Marcel Staline, dans les locaux du centre Marcel Staline, avenue de Marignan, à deux pas des Champs-Élysées, cela revient à 1 800 euros !

Rien que ça, ça aurait suffi à me mettre de mauvaise humeur. L'arrivée sur place a fini de me donner des bouffées de chaleur. Moquette haute laine, canapé de cuir brut, verre fumé, tout ce que je déteste ! J'étais déjà prête à ramasser mon cabas en osier et à prendre la fuite, quand une hôtesse, simple mais soie noire, est venue me chercher pour me conduire dans le bureau du coach... « *of the world* ».

Là, pour tout vous dire, je me suis trouvée carrément déstabilisée. J'arrivais en ayant révisé toutes mes leçons de kung-fu, et je tombe sur un type absolument charmant, beau comme tout, l'air attentif, concentré, sincère... J'en revenais pas ! Ce type est absolument désar-mant ! On sait sur lui les pires trucs, on s'apprête à rencontrer une sorte de parrain pourri, et on tombe sur un regard parfaitement innocent, qui inspire d'un seul coup la plus totale confiance.

Très fort ! On a beau se méfier, se blinder, on est captivé par son apparence de sérénité complète et de sincérité absolue. Il a l'air étonnamment simple et chaleureux. En deux regards, le temps de m'asseoir, j'avais déjà l'impression de m'être fait piéger. Comme la première fois que j'ai vu Cary Grant.

D'accord, il me regarde tout de suite droit dans les seins. Et de minute en minute il a de plus en plus les yeux qui prennent des mesures. Ça devrait me faire bondir. Je devrais lui faire la remarque. Ou lui balancer une gifle. Je n'y arrive pas. Il est trop élégant, trop fin, trop calme. Drôle de type, décidément, avec cette étrange manière d'être réservé, en retrait. Profil de médaille, cheveux qui commencent à s'argenter. Bronzé, chemise blanche, pantalon noir. Mains très fines, pas de montre, aucun bijou.

Je m'étais préparé un profil de mannequin troisième classe, totale godiche, sans projet fort. En moins de vingt minutes Marcel Staline a décidé de bouleverser mon existence. J'allais changer de nom, de couleur de cheveux, de coiffure et... d'amant! Sans avoir l'air d'y toucher, avec son ton calme, sa voix douce, il défaisait en trois mouvements toute ma vie pour la réorganiser selon ses directives!

Voilà donc ce que nous avons constaté. Un homme singulier, apparemment insaisissable. Peut-être sincère, peut-être cynique. Ou les deux. Un personnage pas banal, en tout cas. Mais aussi des méthodes inacceptables. Viol systématique de la vie privée, manipulations, pratiques sexistes... la liste est longue! Sur des personnes faibles, son influence doit être désastreuse. En sortant du Centre Marcel Staline, j'ai remarqué l'inscription sur la façade : « Ici commence votre développement personnel ». Il y a erreur. C'est de son développement à lui qu'il devrait être question.

Car toute cette mise en scène n'a pour but que de faire payer un maximum à toutes les femmes (78 % de la clientèle) qui cherchent ici une aide bien illusoire. Maximum de danger, maximum d'honoraires, ça pourrait être leur nouvelle devise!

## Coaching de Timothée Boissec
## première séance

— Bonjour, je suis ravi de faire votre connaissance. Je suis
sûr qu'ensemble nous allons trouver comment atteindre
votre objectif!

— Ah, monsieur Staline, cette médaille d'or! J'en rêve
presque toutes les nuits, depuis des années et des années...
Ça a commencé quand je n'avais pas encore dix ans.
Depuis, ça n'a pas arrêté!

Les records, c'est bien. J'ai déjà eu celui de France, et
celui d'Europe, je ne suis pas très loin du record du
monde, mais ce n'est pas pareil. Les championnats, ce
n'est pas non plus la même chose. J'ai déjà été quatre fois
champion de France, bien sûr ça fait plaisir, mais ma vie,
ma vraie vie, c'est les Jeux olympiques.

Je pense que je serai sélectionné, c'est presque sûr, évidemment, et je veux y arriver, je veux y arriver... Mais...
Mais...

— Mais quoi?

— Eh bien, quand j'arrive au dernier virage, je commence
à trembler. Comment je peux vous dire? je tremble à
l'intérieur, si vous voyez ce que je veux dire. J'ai les
muscles qui se raidissent, j'ai peur, je ne peux plus courir
à plein régime.

– À quoi pensez-vous, à ce moment-là?

– Je ne sais pas... C'est bête à dire, c'est comme si j'avais peur de la ligne droite, je veux dire la dernière ligne droite. J'ai l'impression que je n'y arriverai pas. Comme si la toute dernière ligne droite était plus difficile.

– Seulement plus difficile? Ou spéciale? Dangereuse?

– Oui, dangereuse! C'est ça, oui, vous avez compris, dangereuse!

– Et quel danger y a-t-il dans cette dernière ligne droite?

– Je ne sais pas. D'ailleurs, chaque fois, je me dis que c'est absurde. C'est juste une ligne droite comme les autres. C'est normal qu'elle soit un peu plus dure parce que c'est la dernière. Mais c'est une ligne droite comme les autres. Oui, je me dis ça. Alors j'y arrive, mais je sens bien que je perds quelques centièmes de seconde. Peut-être même quelques dixièmes! Tenez, tenez, monsieur Staline, je suis sûr, si je n'avais plus cette peur à ce moment-là, je serais certain d'être médaille d'or!

– Écoutez Timothée – vous permettez que je vous appelle Timothée? –, il nous reste exactement neuf mois avant les prochains Jeux olympiques. Si vous faites *exactement* tout ce que je vais vous indiquer, semaine après semaine, je vous garantis que cette dernière ligne droite ne vous causera plus aucune terreur. Au contraire! Vous aborderez le dernier virage avec plus d'énergie, plus de légèreté et de détermination que jamais!

– Oh! monsieur Staline, si vous dites vrai...

– Timothée, appelle-moi Marcel, et disons-nous « tu », c'est tellement plus simple

68

– Eh bien, Marcel, si tu fais ça, je te jure, je te serai reconnaissant jusqu'à mon dernier souffle! Aussi vrai que je m'appelle Titim Boissec et que je suis né à Basse-Terre, en Guadeloupe, il y a vingt et un ans!

– Je n'ai pas le moindre doute! Tu vas monter sur ce podium! Et tout en haut, avec ta médaille d'or autour du cou, et *La Marseillaise* dans le grand stade! Tu imagines ta vieille mère! Titim médaille d'or de France!

– Ah, monsieur Marcel, vous allez me faire pleurer!

– Pas question, mon vieux! Tu vas commencer par apprendre à rire.

– Quoi?

– Tu vas aller dès demain, de ma part, chez Sophie Guelasa. Elle donne des cours de rire, et tu vas les suivre. Et à chaque dernier virage, tu commenceras à penser que tu te mets à rire dans ta tête, et aussi que tout le stade rit avec toi et autour de toi.

– Mais vous n'avez pas peur que je sois déconcentré?

– Mais tu ES déconcentré, aujourd'hui, avec cette terreur qui te bloque à la dernière ligne droite. C'est cela qu'il faut défaire. Il faut que tu deviennes plus léger à la fin de la course, que tu te décrispes, que tu défasses la pression. Il faut une fin de course qui file comme le vent en riant, légère, heureuse, confiante, très rapide mais sans inquiétude, sans crispation. Compris?

– Oui... enfin, on va bien voir.

– C'est tout vu! Tu appelles Sophie tout de suite, tu la vois dès demain, et tu ris dans les virages. Une fois par semaine, je viens te voir à l'entraînement. Voilà

69

mon numéro de portable, pour toi tout seul, il est top secret. Dès que tu as le moindre problème tu m'appelles. Je veux m'occuper de toi spécialement.
— Merci Marcel Staline !
— Appelle-moi Marcel...

## Marcel Staline en question

*À la suite de l'enquête publiée dans notre dernier numéro, nous avons reçu la mise au point suivante :*

L'article de vos deux collaboratrices au sujet du Centre Marcel Staline est un tissu d'insinuations à caractère diffamatoire, visiblement destinées à porter atteinte à la réputation de notre entreprise et de ses dirigeants.

Ces deux personnes se sont présentées l'une et l'autre sous des identités d'emprunt, sans révéler leur fonction de journalistes et en fournissant à notre établissement de faux renseignements, dans le but de tromper notre fondateur. De telles manœuvres, explicitement prohibées par la déontologie de la presse, manifestent clairement que cette pseudo-enquête et le pseudo-reportage qui en est issu ont été motivés par l'intention de nuire.

Aucune des archives de l'Institut n'a été utilisée ou même consultée. Les innombrables résultats positifs du coaching personnel de Marcel Staline n'ont pas été pris en compte. Aucun témoignage n'a été recueilli au cours de cette « enquête », dont les conclusions étaient sans doute tirées avant qu'elle ne commence.

Nous ignorons qui peut nous en vouloir au point d'user de ces stratagèmes. Nous ne voyons pas quels mobiles poussent nos détracteurs. Mais nous opposons un démenti formel à toutes les allégations de cet article.

Xavier Bias
*Directeur du Centre Marcel Staline*

M. Bias oppose un démenti à nos informations mais n'apporte aucune preuve de leur fausseté. Les faits que nous avons décrits sont tous exacts. Nous maintenons.

M. L. et A. F.

Nous avons également reçu un abondant courrier de lectrices désireuses de témoigner. Ces lettres se répartissent, de façon pratiquement égale, en adversaires et partisanes de ce coach controversé.

Nous publions deux courriers parmi les plus significatifs. Sans tirer de conclusion définitive, il y a de toute évidence un cas Marcel Staline :

« Merci ! Merci à *Du côté des femmes* d'avoir enfin brisé la loi du silence. Marcel Staline a saccagé mon existence. À grand renfort de marketing et de discours truqués, il se fait passer pour un maître de vie. Ce n'est en réalité qu'un manipulateur cynique et avide.

Il y a quelques mois seulement, il m'a dirigée vers la chirurgie esthétique, m'a convaincue de me faire des seins en silicone et des piqûres multiples de Botox. En suivant ses directives, je suis devenue végétarienne. Plus tard, j'ai dû quitter ma fille et poser pour des sites pornographiques. Après plusieurs mois de ce « développement », je me suis sentie enlaidie, souillée, détruite. J'ai fait une tentative de suicide. Aujourd'hui, je ne peux plus marcher qu'en boitant. Il faut que vos lectrices sachent la vérité ! »

Carmen S., Bagneux

« Votre reportage sur Marcel Staline m'a indignée. Depuis l'ouverture du Centre, je suis l'une de ses patientes. Grâce à son aide, ma vie s'est totalement transformée. Sa pensée positive m'a permis de voir le monde sous une lumière différente. Ma sexualité s'est épanouie. J'ai trouvé la réussite professionnelle que je cherchais. J'ai le sentiment d'avoir commencé à vivre réellement depuis que Marcel Staline est mon coach intégral. Les calomnies que vous avez publiées déshonorent votre journal. »

Béatrice D., Bruxelles.

## Journal de Marianne Laforêt

Ça y est, cette fois, la petite Nayram commence à jouer dans la cour des grands! Depuis le papier sur Staline, les filles du journal me prennent au sérieux. « Total guedin », comme dit Marie... Ça prouve que le coup du machisme, ça marche encore, au moins avec les vieilles squaws scoutes.

En plus, le beau Bias qui commence à me draguer comme une bête. Avec son *look* ange affolé, je parie que c'est un faux dur... Si j'ai raison, dans deux mois, j'en fais ce que je veux. Les paris sont ouverts.

# Le succès va croissant

« Il avait déjà autour de lui une multitude d'auxiliaires :
domestiques, informateurs, rédacteurs d'oracles,
archivistes, scribes, scelleurs, interprètes, tous payés selon
leur importance. »

Lucien,
*Alexandre ou le Faux Prophète*,
23, 9-12.

## L'invité du mois :
## Marcel Staline
## Le coach qui monte
## Rencontre avec un phénomène de société

On ne parle plus que de lui. Inconnu il y a quelques mois, Marcel Staline s'est imposé dans l'actualité par l'efficacité de sa « méthode totale ».

Son séminaire est devenu le rendez-vous des grands patrons et du show-biz. On y croise Michel Dugrand ou Anna Berthaut, c'est tout dire... Il est également le coach des plus grands sportifs, comme Timothée Boissec, notre meilleur espoir de médaille sur 400 mètres. Ses conférences refusent du monde. Son dernier livre est partout en tête des ventes.

*— Commençons par votre nom. On dirait vraiment un pseudo !*

— Voilà mon passeport, vous pouvez le photographier, je n'ai rien à cacher. Comme vous voyez, c'est bien mon état civil. Nom : Staline. Prénom : Marcel.

*— Pourquoi avez-vous choisi de garder ce nom ?*

77

– La réponse se trouve dans votre question ! Si vous me demandez ça, c'est que ce nom vous choque, ou vous inquiète, ou vous étonne. Eh bien, c'est gagné ! Voilà que nous commençons à avoir quelque chose à nous dire ! C'est pour ça que je ne voulais changer de nom pour rien au monde. J'ai la chance d'avoir un nom qui suscite immédiatement des associations d'idées, des émotions, du rire, des répulsions, de la curiosité, du dégoût, de la haine, des souvenirs de toutes sortes. Et vous voudriez que je me prive de ce matériel extraordinaire ? Vous ne vous appelez pas Roosevelt, par hasard ?

*– En quoi consiste votre « méthode totale » ?*

– Sa force réside dans la combinaison de toutes les techniques existantes. Ce qui m'intéresse, ce sont les synergies, les renforcements. Je ne pratique jamais aucune approche unilatérale, aucune intervention ponctuelle. Je privilégie toujours les interactions multiples, les polyphonies, les associations. Par exemple : massage, jeux de rôle, exploration des vies antérieures. Voilà une trithérapie possible. Travail du souffle, aquarelle et body-building, en voilà une autre. Il en existe beaucoup ! Tout dépend de votre profil.

*– Comment expliquez-vous le succès des coachs ? Est-ce une mode ?*

– Il y a des bons et des mauvais coachs, et les mauvais disparaissent vite. Tous n'ont pas de succès.

Mais le coaching correspond à un besoin profond de l'époque. Le monde est de plus en plus complexe, difficilement lisible. Les gens perdent pied. Ils n'ont plus confiance en eux-mêmes. Mon travail, c'est de leur permettre d'accéder à l'énergie formidable qui est en eux. C'est pour ça qu'ils me demandent d'intervenir.

— *Quelle est la limite de cette énergie ?*

— Il n'y en a pas ! Je ne crois plus aux limites. Il n'y a pas de limite à l'énergie ni aux possibilités des individus. Bonheur et liberté sont sans limites.

## Je gère mon stress

Assez souvent, ces derniers temps, vous vous sentez abattu. Vous n'avez plus la force de continuer. Vous êtes à plat, vide, sans ressort. Les problèmes deviennent des montagnes. Vous pensez que vous n'y arriverez jamais. Il y a trop de choses à faire, trop de problèmes à surmonter en même temps, vous êtes submergé!

La méthode totale va vous apprendre à stopper cette panique. Car le stress n'est pas seulement désagréable, il est mortel. Pour chaque minute de stress mal géré, votre vie diminue de 6 minutes et 27 secondes! Le stress use votre cœur, se répercute sur les biocapacités de votre cerveau, paralyse votre potentiel de bonheur.

Vous allez apprendre bientôt toutes les méthodes pour en finir avec ce mal. Elles sont nombreuses, et la méthode totale les fait agir en synergie : huile essentielle de rhubarbe pour les alpha 2 (LA molécule antistress!), réveil diffuseur d'arômes (pain grillé, ou sous-bois, ou brise océane) pour une sortie du sommeil écologique et sans heurt, rêve éveillé, cours de rire (sourire, rire éclatant, fou rire), massage des coudes (essentiel pour libérer l'énergie du « je-nous »), régime abricots secs-bananes séchées (sucres lents, indispensables), shiatsu du kimchi et du gyozan...

Et bien d'autres pratiques qui auront changé votre vie dans quelques semaines, ou même quelques jours.

Toutefois, ce n'est pas de ces multiples outils bienfaisants que je veux vous parler en premier. Avant tout, je dois évoquer un principe fondamental. Sans lui, tous vos efforts seraient vains. Ils se déploieraient dans le vide. Ce principe est à la fois simple à énoncer et subtile à entendre : l'énergie est déjà en vous, toute l'énergie de l'univers.

Pour vous en rendre compte, songez à ceci : il vous est déjà arrivé de connaître une sorte de perfection. Vous avez vécu des instants « magiques ». Vous étiez entièrement absorbé par une activité qui vous convenait, qui vous a fait oublier les heures! Vous avez donc ressenti cette joie profonde : mobiliser vos forces, les contrôler pour surmonter un défi, voir les choses se plier à votre volonté. Ce sentiment de plénitude, vous ne l'avez jamais oublié. Peu importe que vous l'ayez connu en travaillant le bois, en pilotant un voilier, en rédigeant un poème ou en escaladant une paroi verticale. Vous pouvez aussi bien l'avoir éprouvé en faisant du tricot ou de la peinture sur soie. Je ne vous parle pas des circonstances. Elles varient pour chacun et chacune. En fait, elles n'ont aucune importance.

La seule chose qui compte : le souvenir très vif que vous avez gardé de cette plénitude. Repensez-y. Vous allez constater que vous étiez alors pleinement vous-même, pleinement efficace et concentré. Parfaitement sans stress. Pourtant, vous n'étiez en aucune manière préoccupé par votre moi. Vous étiez entièrement « absorbé » par votre action.

Voilà le point essentiel : parfaitement vous-même, sans stress, vous ne vous souciez plus de vous, de votre sort. L'existence n'est plus une montagne. L'angoisse du lendemain s'est évanouie. Vous vivez pleinement, au présent, ce que vous êtes en train de faire. Et vous êtes pleinement et profondément heureux. Pourquoi ? Parce que vous êtes entré dans le flux. Vous ne faites qu'un avec l'énergie de l'univers. Vous n'êtes plus un élément isolé, coupé du reste, vous vivez la vie dans son ensemble.

Cette plénitude dont vous vous souvenez, vous pouvez la ressentir continûment. Finis les passages à vide, les coups de déprime, les hauts et les bas. Grâce à la méthode totale, vous allez apprendre à vivre pleinement *en permanence* ! Vous vous demanderez sûrement, dans quelques semaines, pourquoi vous avez attendu si longtemps.

Vous n'êtes pas obligé de me croire. C'est vous qui jugerez. Vos convictions, positives ou négatives, ne m'intéressent pas. La seule chose qui compte, c'est ce que vous éprouverez. Votre expérience dira si cette méthode est la bonne.

Exercice n° 1, pour commencer à préparer votre vraie vie. Calculez votre indice de bonheur actuel. Sur un carnet de poche, inscrivez au cours de la journée, si possible toutes les heures, la note de bonheur, de 0 à 10, que vous donnez au moment que vous venez de vivre. Vous devez avoir au minimum 10 notes par jour, et le soir vous en faites la moyenne. Au bout d'une semaine, calculez la moyenne de ces notes quotidiennes. Vous obtenez votre IBA (indice de bonheur actuel).

De nombreuses observations scientifiquement contrôlées montrent que les personnes suivant activement la méthode totale voient leur IBA augmenter de 42 à 97 % au cours des trois premiers mois, pour parvenir, au cours du trimestre suivant, à un IBM (indice de bonheur maximal) stable, situé entre 8,7 et 9,9 sur 10!

Ces chiffres sont intéressants. Ils ne sont rien à côté de la satisfaction éprouvée par toutes celles et tous ceux qui se réalisent ainsi. « J'ai tout le temps confiance en moi », « je n'aurais jamais cru un tel changement possible », « c'est comme si je n'avais plus peur de rien », « je me sens plus vivante que jamais », « c'est donc ça, le bonheur! Eh bien, je ne pensais pas que c'était si simple »... Voilà quelques-uns des témoignages qui ne cessent d'affluer au Centre Marcel Staline – Méthode Totale.

Ai-je donc un secret extraordinaire? Une recette miracle? Ai-je fait une découverte inouïe? Pas du tout. J'aide chacun à reprendre contact avec l'énergie inépuisable qui est en lui. Nous ne sommes pas des unités étanches, des sphères closes et imperméables. Nous habitons la vie, et la vie nous habite. Ce qui peut nous arriver de pire, c'est de l'oublier. En ce cas, tout se ferme en nous et se bloque, et nous sommes les premiers responsables de ce dépérissement. Ce qui peut nous arriver de mieux, c'est de nous souvenir de notre appartenance profonde au grand flux.

Si nous accompagnons ce courant cosmique, alors tout s'ouvre, tout devient possible, et nous débordons de capacité. Notre puissance d'agir peut devenir fantastique, notre contentement est permanent. Le stress est un souvenir lointain, comme un point à l'horizon, derrière nous.

Comment y parvenir ? En rassemblant toutes les voies d'accès dispersées. Nous ne sommes plus, nous ne pouvons plus être, au temps des chemins opposés. Orient et Occident, efficacité et mystique, corps et âme, sensibilité et raison, tout converge, tout se rassemble, rien ne se contrarie plus !

Nous en aurons bientôt fini avec les mondes séparés. Plus d'opposition entre hommes et dieux, entre sexualité et délivrance, entre argent et spiritualité.

Nous vivrons ensemble la vie de Rabelais et celle du Bouddha, la vie de Léonard et celle de Lao-tseu, la vie de Rockefeller et celle de François d'Assise, la vie de Sade et celle du Mahatma Gandhi.

Parce qu'il n'y a qu'une seule vie !

*Pour en savoir plus :*
*http://www.marcelstaline.com*

## Boissec s'envole!

Au cours des championnats interrégionaux, qui comptent pour la qualification aux prochains Jeux olympiques, le Guadeloupéen Timothée Boissec a battu son propre record du 400, égalant son record d'Europe de l'année dernière.

Le plus frappant fut sa fin de course, carrément époustouflante. Au dernier virage, on aurait cru qu'il allait s'envoler. Sa dernière ligne droite a été avalée à un train d'enfer. Il a laissé les autres coureurs, parmi lesquels figuraient quand même Davidson et Darmouch, à plusieurs longueurs derrière.

On dit que le champion a choisi récemment pour coach personnel Marcel Staline, le coach des stars. Cela a l'air de lui réussir. Bientôt les Jeux!

# Jean Richt à Marcel Staline

Vieux frère,

Il y a déjà pas mal de temps que je veux t'écrire ce mot. Il ne te fera pas plaisir, mais je pense qu'il est utile. En tout cas, pour ma part, je n'ai plus les moyens de faire semblant.

Tu sais combien ton projet de gouroutisation, quand tu m'en avais parlé, m'avait amusé. Avec tous les illuminés et les tocards qui pullulent dans ces milieux, l'idée de te voir devenir « supercoach », toi mon vieux copain Marcel Staline, le petit Père des Nuls, le grand théoricien du laxisme-crétinisme, cela m'avait réjoui.

À présent, tes agissements et tes déclarations ne m'amusent plus du tout. Je les trouve même assez sinistres. Je souhaite t'expliquer pourquoi. Tu devrais arrêter, je veux te dire les raisons qui me font penser cela, même si je me doute bien que tu hausseras les épaules.

Les gens que tu embarques dans cette impasse, ce sont des êtres humains comme toi et moi. Plus fragiles que nous, plus vulnérables surtout. Peut-être plus paumés, quoique je demande à voir. En effet, tu me parais assez perdu, et sans doute ton ami Bias l'est-il aussi, mais ce n'est pas le sujet.

Ces gens, avec leurs tristesses, leurs espérances, avec tout leur barda de frustrations, d'angoisse, de désir et de confusion, tu te fous de leur gueule. Ce n'est pas bien, même si, te connaissant, je sais que ça t'amuse. Tu ne te contentes pas de les ridiculiser, tu les manipules. Tu leur fais miroiter des paradis qui n'existent pas. Tu les conduis à suivre des méthodes inefficaces, éventuellement dangereuses.

Et tout ça pour qui, pour quoi? Pour garnir ton compte en banque et faire tourner ton entreprise. Tu rêves de bâtir un empire, avec les armes du cynisme, sur la misère de la condition humaine. Je ne pense pas seulement que c'est inacceptable d'un point de vue éthique (là, je sais que tu vas proclamer que tu t'en branles et me traiter de Bléfoie de morue, mais je m'en fous), je pense également que ça ne peut pas marcher. Pour des raisons qui, cette fois, n'ont rien à voir avec la morale.

Il y a en effet quelque chose de profondément faux, ou plutôt de profondément faussé, dans l'idée même d'apprendre à vivre telle que tu la professes. J'admets tout à fait que nos expériences nous éduquent. Nous tirons des leçons de ce que nous vivons, et elles nous servent (plus ou moins, mais souvent) à vivre autrement la suite. Cela va de soi, je le reconnais. De même, nous avons souvent besoin des autres, de leurs conseils, de leur compétence, de leur aide au cours de notre existence. Qui pourrait nier de telles évidences?

Ce que je n'admets pas, en revanche, c'est l'idée que la vie doive toujours être aidée, conseillée, apprise. À mes yeux, le projet de cet apprentissage définitif et total a quelque chose de monstrueux dans son fond. Ce qui fait l'existence, ce qui constitue son prix, sa dignité, sa seule réalité ultime, c'est en effet d'être sans mode d'emploi.

Comprendras-tu ce que je veux dire? D'instant en instant, de crise en crise, de décision en décision, nous avons à inventer notre conduite et à nous inventer nous-mêmes. Sans savoir si nous avons tort ou raison. Sans être certains de la validité de nos règles ou de la pertinence de nos convictions. Vivre, pour un être humain, c'est toujours agir dans un certain brouillard, un halo d'incertitude.

Je sais bien qu'il y a des fanatiques, et des intransigeants, des dogmatiques, des partisans, tout ce que tu voudras. Je ne veux pas que tout le monde verse dans le scepticisme et l'incertitude. Croyants et convaincus sont partout. Ils sont même majoritaires, et de loin. Malgré tout, l'individu le plus habité par ses croyances ne se confond en aucun cas avec un automate : il sait que d'autres vivent sans, il lui arrive d'être effleuré d'une interrogation. Il lui arrive, surtout, comme à nous tous, de se rendre compte qu'il est seul, sans boussole, sans guide. Sans coach!

C'est là que se trouve mon désaccord total avec toi, désormais. Si la vie humaine ne peut s'apprendre selon aucune méthode, si elle ne fait que s'inventer constamment, à tâtons, dans l'ignorance et le risque, cela signifie, évidemment, qu'elle est faite, indissociablement, de solitude, de liberté et d'angoisse. Ce n'est pas à toi que je vais infliger un cours de philo sur la question. Pic de La Mirandole, Pascal, Kierkegaard, Sartre, et même cette vieille raclure de Bléfoie, et des tas d'autres, ont tartiné là-dessus tout ce qu'il faut.

Tu vois donc ce qui m'est insupportable dans le « coaching » et tout ce qui va avec : l'idée de s'en remettre totalement au jugement d'autrui alors qu'il s'agit de sa vie à soi, de ce qui l'engage au plus profond. Encore une fois, je reconnais que tout le monde a besoin de conseils. Comme nous tous, je vais voir un médecin si je suis malade. Mais je refuse l'idée que la vie doive être tout le temps aidée, tout le temps apprise, tout le temps guidée. Je refuse qu'un être humain soit systématiquement piloté par un autre. Je considère ce pilotage comme dangereux et indigne. Il dénature la nature même de la liberté et de l'existence.

Au nom de quelle compétence peut-on se permettre de modifier profondément, de manière autoritaire et uni-latérale, la vie d'un individu ? Qui peut se targuer de savoir ce qui est mieux pour un autre ? Il n'y a pas d'expertise en matière de vie. Parce qu'il n'existe aucun modèle, aucun critère, aucune norme qui pourrait s'appliquer à tous.

Or, toi, tu adaptes ceux qui viennent te voir aux modèles dominants, sans jamais le proclamer ! Ce que tu dis aux gens n'est pas : « si vous voulez, je vous adapte au marché » (comme d'autres diraient : « si vous y tenez, je vous refais les paupières »), mais : « Je vous apprends à vivre ! Je vais vous aider à être heureux pour toujours, je vais développer vos capacités les plus profondes, je vous permets de devenir vous-mêmes, de découvrir ce que vous êtes et de quitter définitivement le malheur, la médiocrité et la souffrance. »

Mensonges ! Forcément, parce que c'est rigoureuse-ment impossible. L'idée qu'on puisse se défaire définitivement du malheur, qu'on puisse devenir « heureux pour toujours » est l'idée la plus fausse, la plus dangereuse, la plus inhumaine que je connaisse. La vie est constamment tissée de malheurs, de grands ou de petits accidents, de déceptions mineures ou majeures, de catastrophes, d'imprévus, de ruptures, de bouleversements. Faire croire à qui que ce soit que tout cela puisse un jour disparaître tout à fait de son horizon est une pure et simple mystification.

Ne va pas me faire dire que la vie n'est qu'une suite de malheurs. Ce n'est pas mon propos. Je crois à la possibilité d'être heureux, mais à la condition d'accepter d'endurer la solitude, les chagrins, les coups durs. Ce n'est pas le bonheur qu'on peut apprendre, ni même la vie, mais seulement une forme d'endurance, obstinée et modeste. Elle n'a rien à voir avec ton fantasme de pouvoir sans limite. C'est même exactement le contraire.

Je termine sur la question de la limite cette lettre déjà trop longue, et sans grand espoir d'être entendue. Le « sans limite » est à mes yeux le signe même du danger et l'annonce du meurtre, l'indice du mal. Il faut aux humains des limites pour pouvoir non seulement être dignes et fréquentables, mais aussi, et peut-être surtout, pour être heureux, si l'on tient vraiment à nommer ainsi cet exercice instable, cet état toujours fragile, imparfait et mouvant qui oppose aux coups du sort notre tentative pour continuer à sourire.

Tu auras compris que trop de distance désormais nous sépare pour que je puisse continuer en quelque manière à me dire ton ami, si tu poursuis cette aventure dangereuse. Si tu persistes, comme je le crains, je renoncerai évidemment à toute relation entre nous.

Je te garde, malgré tout, mon amitié ancienne.

Prends soin de toi. Réfléchis.

Jean

# Marcel Staline à Jean Richt

Mon pauvre petit vieux,

J'ai reçu ton sermon ce matin. Tu n'as pas l'air en forme du tout... Depuis combien de temps n'as-tu pas tiré un coup ? Tu veux que je t'envoie Suzanne (une nouvelle, excellente) ou Armelle, ou Marilena ? Ou alors tu veux des tisanes, du miel, des gâteaux secs et des pantoufles, une robe de chambre en laine des Pyrénées, de quoi jouer à l'homme vertueux allant vers la tombe avec calme, malgré quelques miettes de croissant sur son pyjama ?

Tout ce que tu racontes est tellement con que j'ai eu du mal à y croire, dans un premier temps. Ça ne me paraissait pas possible que ce soit toi qui aies pondu cette coulée de glaires nauséabonde. Après, je me suis dit que tu devais être très malade. J'ai pensé que ça ne valait pas la peine de te répondre. Et puis, vu ton état, quand même, en quelques mots, j'y vais.

Je n'ai pas le moins du monde le sentiment de faire quoi que ce soit de répréhensible en touchant de l'argent de tous les côtés en échange de conseils idiots, tout simplement parce que j'ai, pour faire court, trois convictions :

1 – Les êtres humains sont rigoureusement incapables d'être heureux et d'améliorer réellement leur condition, aussi bien dans le registre individuel que sur le plan collectif.

2 – Malgré cette incapacité radicale, ou à cause d'elle, ils ne cessent de rêver qu'il puisse exister des issues

à leur malheur, issues toutes plus illusoires, inefficaces et pitoyables les unes que les autres.

3 – Quoi qu'ils fassent, et même quoi qu'on leur fasse, la répartition des maux et des biens demeure *grosso modo* constante à travers les siècles et les millénaires, apparemment indifférente aux variations des discours et des actions entreprises.

Tu comprendras que je me sens donc parfaitement fondé à proposer aux âmes en peine n'importe quoi. Relaxation des orteils, chou cru râpé, programmation neuronale, plume dans le cul ou méditation transcendentale, c'est du pareil au même. Ça marche et ça ne marche pas, pour ce qui est d'aider à vivre, dans les mêmes proportions que les amulettes, les calembours lacaniens et les bains d'algues.

Tu vois ce que je veux dire ? Tu crois donc que je vais me gêner ?

Ça fait 800 euros, parce que c'est toi, mais c'est la dernière fois.

Marcel

## Bienvenue sur mon site !

Je m'appelle Thomas Guillot, j'ai vingt-quatre ans, je suis ingénieur en informatique et je suis un adepte de la méthode totale de Marcel Staline.

Sur mon blog, je note les réflexions que m'inspirent mes progrès, en particulier la découverte de mon corps, et les effets de l'huile de rhubarbe.

D'abord, laissez-moi vous dire : dans le domaine du corps, nous avons un sacré bout de chemin à rattraper ! Comme dit Marcel Staline : « Pendant plus de deux mille ans, l'Occident a oublié le corps. » Les philosophes, les religieux, les maîtres spirituels ne s'occupaient que de l'âme. C'est l'âme qu'il fallait observer, guérir, sauver. Le corps était une chose méprisable. Il fallait s'en détourner, ou même s'en défaire !

Nos ancêtres, et les ancêtres de nos ancêtres, ont appris, de génération en génération, que leur corps était leur pire ennemi. Il pouvait les mener à leur perte, les conduire dans les flammes éternelles de l'Enfer, les supplices sans fin des damnés.

Voilà les mécanismes terribles, anciens, profonds qu'il nous faut inverser. Pour commencer seulement à rencontrer notre corps, Staline nous apprend que c'est une révolution mentale que nous devons opérer. Personne n'y échappe. Car cette situation ne concerne plus,

94

depuis longtemps, les seuls Européens, ni les seuls Occidentaux. C'est bien chez eux, plus que partout ailleurs, que le corps fut vilipendé. Mais ils ont corrompu, contaminé, corrodé, oxydé le monde entier. Tous doivent changer, à présent! Tout le monde doit rencontrer son corps.

Ce changement radical, la méthode totale nous aide à l'accomplir définitivement. Vous ne pouvez pas vous en dispenser. Vous croyez que cela ne vous concerne pas? Vous vous sentez libéré(e), à l'aise, sans complexe, toujours disposé(e) à prendre soin de votre peau, de vos muscles, de votre ligne? Vous vous imaginez indemne, sans séquelle de ce passé? Eh bien, je ne vous crois pas. Pas une seconde.

Moi, Thomas Guillot, je suis sûr que vous êtes encore, dans les replis de vous-même, crispé sur de vieilles haines, habité de dégoûts séculaires. Vos vitamines, vos bains moussants, vos crèmes hydratantes, vos régimes basses calories ne prouvent pas que vous aimez votre corps. Je veux dire vraiment, sans gêne, sans honte, sans retrait. L'aimer, et non pas, comme vous faites, simplement en prendre soin.

Vous bichonnez votre corps, vous le soignez, le dorlotez, l'entretenez. Mais ce n'est pas du tout de l'amour, ni même simplement du respect. Vous agissez envers lui comme vous faites avec n'importe quelle machine dont vous prenez soin. Une chose précieuse, sophistiquée, complexe, qui réclame d'être correctement nettoyée, alimentée, réparée, révisée. Les mêmes termes s'appliquent à l'ordinateur, la voiture ou la télévision. Votre corps se

95

trouve dans ce registre. En apparence, vous êtes sorti du mépris.

Cette attention mécanique n'a rien à voir avec la grande confiance, le grand respect. C'est ainsi que vous devriez considérer votre corps. Respectez-vous votre voiture? Avez-vous l'idée de lui obéir, d'écouter sa voix? Vous voyez bien qu'il vous reste du chemin à faire!

N'hésitez pas! Envoyez-moi vos récits d'expériences, vos réflexions sur la méthode totale.

Moi, je vous offre cette fiche sur l'huile de rhubarbe :

L'huile de rhubarbe est connue depuis l'Antiquité pour ses vertus apaisantes et tonifiantes. Les Égyptiens l'utilisaient déjà pour soigner les brûlures et combattre les venins. Elle figure également dans les remèdes préconisés par Hippocrate et par Galien. On la trouve également dans la pharmacie des grands médecins arabes et juifs du Moyen Âge, où elle est utilisée pour soigner les otites et les quintes de toux, et pour atténuer les souffrances des lépreux.

Depuis l'avènement de la médecine chimique et industrielle, elle a été négligée au profit des antibiotiques et des psychotropes qui font tant de mal à nos contemporains.

Marcel Staline la recommande comme une composante de la méthode totale, en particulier pour diminuer le stress et augmenter l'endurance à la fatigue et la résistance aux attaques bactériennes. En effet, la grande variété de molécules alpha 2, naturellement présentes dans l'huile de rhubarbe, stimule les neurones de la zone sous-corticale gauche (B 8), responsables de l'organisation de nos défenses biologiques.

L'huile de rhubarbe est disponible en gélules, en gouttes, en cristaux, en gommes à mâcher. On peut la consommer dans ses salades (elle a un léger goût de noisette acidulée) ou la prendre comme un médicament.

Conseils, recettes, commandes en ligne sur *www.marcelstaline.com/rhubarbe*

# L'enseignement de Tôzendsôl Rimpoche

*Rencontre avec Marcel Staline*
*au Centre de méditation « Sérénité active »*
*organisée par l'Institut de bouddhologie*

Chers amis,

Je vous rappelle très brièvement notre conclusion de la semaine dernière : nous devons aller jusqu'au point où « nous » et « notre corps » ne ferons plus qu'un avec tout le cosmos.

Je souhaite aujourd'hui montrer comment l'enseignement de mon maître, le vénéré et regretté Tôzendsôl Rimpoche, peut nous conduire à ce point de fusion avec l'énergie du tout.

Qu'est-ce qui me permet d'être si affirmatif, si assuré de ce que je dis ? Qu'est-ce qui vous garantit que je peux transmettre cette initiation ? Vous avez raison de poser ces questions. Je ne fais rien pour les esquiver. Elles sont légitimes. Nous sommes tous engagés ensemble, ici même, dans une tâche grave, une affaire sérieuse. Il s'agit d'un tournant dans notre vie. Il s'agit de changer profondément notre rapport à l'existence.

Vous ne pouvez pas vous permettre d'erreur. Je vous dois des explications, et surtout des preuves, des preuves indiscutables. Les voici.

J'étais comme vous, exactement comme vous, il y a une douzaine d'années. C'est pour cela que je vous comprends. Je connais de l'intérieur, exactement, ce que vous ressentez. Je l'ai vécu dans les moindres détails.

Moi aussi, je ressentais mon corps comme une grande mécanique extérieure, plus ou moins flasque, plus ou moins dure, légère ici, lourde là, partout distincte de « moi ». Il m'arrivait de trouver ce corps pesant, embarrassant. Il m'arrivait d'être las d'avoir à toujours le traîner partout, le nourrir, le laver, le coucher. J'en avais parfois tellement assez qu'il m'arrivait de rêver de le planter là et de partir seul, enfin seul, libre comme l'air.

Je suis parti, un jour, dans les Himalaya. Ce n'était pas du tout ce que vous croyez. Je suis parti en voyage d'étude. Je travaillais, à cette époque, pour une entreprise d'import export. Un client avait demandé une étude de marché sur les orchidées. Je suis parti rencontrer des producteurs au Sikkim. Comme vous le savez, ce petit pays, aujourd'hui rattaché à l'Union Indienne, se situe aux confins de la Chine et du Népal, à côté du Bhoutan, tout au Nord de l'Inde, au pied des Himalaya.

Là, j'ai visité une lamaserie. Il n'y reste plus que quelques moines, pour la plupart âgés, entourés de quelques novices. J'étais fatigué, irrité par tout ce qui me paraissait alors des superstitions, statues grimaçantes, psalmodies de textes incompréhensibles. La fumée entêtante de l'encens m'avait donné la migraine. Les coups de gong et les chants interminables l'avaient amplifiée.

J'étais venu dans ce monastère quelques heures, par curiosité, en touriste. Porté par mon désœuvrement, j'avais voulu voir comment vivaient ces gens-là. Ils m'avaient offert en abondance du thé au beurre, qui pesait sur mon estomac comme une barre de plomb. Refuser était impossible. Les moines m'avaient servi plusieurs fois, de grands gobelets en métal pleins à ras bord, avec des sourires découvrant leurs dents jaune foncé, quand ils en avaient encore. J'avais l'impression de vivre un cauchemar!

J'ai dû m'évanouir. Entre l'altitude, la migraine, le thé au beurre et les marches de la veille dans les plantations d'orchidées, mon organisme crispé a été envahi par un malaise. Quand j'ai repris connaissance, j'étais dans la chambre d'un très vieux lama. Il me regardait avec attention. Ses yeux étaient très petits, noirs, extraordinairement brillants. À son menton, une longue et fine tresse de poils gris. Il me tendait en souriant une assiette de biscuits, mais je n'avais aucune envie de manger.

Juste après, il a fait entrer un moine bien plus jeune, plutôt grand et large. Ils ont commencé à m'examiner, me regardant les pupilles, les paumes des mains, me prenant le pouls. Ils ont échangé plusieurs phrases dont je n'ai évidemment pas compris un mot. Le jeune s'est absenté un moment, revenant avec des coupelles de différentes couleurs sur un plateau en bois noir.

C'est alors qu'à ma grande surprise il a commencé à m'ôter mes chaussures. J'ai laissé faire, moitié par lassitude, moitié par curiosité. Ce qui allait se passer commençait à m'intriguer. Il a déposé sur mes chevilles de petits cônes de poudre et les a enflammés par le haut. Une fumée lourde s'est répandue. Je ressentais, au point précis où il avait placé la poudre, puis dans toute la jambe, une sensation de chaleur intense, bien que sans

100

aucune brûlure. Il se mit ensuite à masser mes plantes de pied, puis chacun des orteils, en récitant des mantras d'une voix lente et grave.

C'est là, soudain, que ma vie a changé. Je ne sais comment décrire avec exactitude le bouleversement qui s'est opéré en moi. J'eus brusquement la sensation que le monde dans son ensemble était remis à l'endroit, que tout trouvait sa place. Comme si, jusqu'alors, tout avait été à l'envers, sens dessus dessous. Comme si, tout à coup, l'ensemble de ma vie se retrouvait d'aplomb, le bas en bas, le haut en haut, tout à sa juste position, et moi-même... à la fois nulle part et partout.

On peut parler de renaissance, si l'on veut, pour faire image. Je peux témoigner que ce fut, pour moi, bien plus que cela. Une naissance tout court. L'accès à un univers dont je n'avais pas eu, auparavant, la moindre expérience, pas même la moindre idée. Un monde à la fois totalement incarné, charnel, corporel, et totalement sans limites. Un univers où j'existais entièrement, sans pour autant être enfermé quelque part. Où mes pieds étaient comme un moyen d'atteindre le fond du ciel. Où il n'y avait plus de différence entre les formes et le vide.

Je ne sais pas combien de temps a duré cette expérience que les mots ne parviennent pas à décrire. Je me souviens seulement que, quelques jours plus tard, j'ai demandé au vieux lama si je pouvais rester auprès de lui et recevoir son enseignement. Pour toute réponse, il a ri en plissant un peu plus encore ses yeux noirs minuscules, et il m'a tendu, comme le premier jour, une assiette de biscuits.

Je suis resté trois ans, trois mois et trois jours. Le monastère était accroché à un flanc de colline au fond d'une vallée où personne ne venait jamais s'égarer. Quelques semaines après mon départ, une immense coulée de boue a tout enseveli, effaçant ce lieu magique de la carte du monde. Je dois à cette mousson torrentielle d'être le dernier dépositaire de l'enseignement de Tôzendsôl Rimpoche, le dernier et seul survivant, à avoir reçu la grande initiation de l'empreinte du pied du Bouddha.

Évidemment, je ne peux révéler sans contrôle tout ce que m'a enseigné mon vénéré maître. Mais je dois exposer les principes fondateurs de son enseignement, sur lesquels, en les adaptant aux besoins et aux possibilités de mes frères occidentaux, j'ai construit une part essentielle de la méthode totale, appliquée aujourd'hui avec succès par des milliers et des milliers de corps en chemin vers l'éveil sur les cinq continents.

Attention! Je ne m'exprime ici que sous la forme vulgaire. Le sens ultime et profond de cet enseignement, je le répète, doit rester secret. Il ne peut être transmis qu'au cours de la grande initiation du pied du Bouddha. Cela dit, les principaux enseignements de mon maître Tôzendsôl sont au nombre de cinq :

1 – Tout repose sur les pieds. Ils sont l'assise du monde, son soutien lumineux.

2 – C'est dans les pieds que résident toute science et toute sagesse. Le plus haut est en dessous.

3 – Les orteils sont les cinq vérités du pied. En eux se développent les quatre directions et la vacuité.

4 – Celui qui écoute ses orteils vit sur la Terre Pure.

5 – Chaque pied a des orteils et n'a pas d'orteils. Tel est le sens des orteils.

C'est en m'appuyant sur ces piliers que j'ai mis au point la brochure intitulée « La voie des orteils » et les cinq fascicules qui l'accompagnent.

Vous pouvez les commander sur : *www.marcelsta-line.com*

# L'orteil dans la méthode totale
## *(extraits)*

*Bienvenue sur*
*www.marcelstaline.com!*

Vous ne savez rien de ce que peuvent vos orteils. En fait, ils détiennent la clé de votre nouvelle existence. En eux résident les sources fondamentales de l'énergie. C'est par vos orteils que vous pouvez rejoindre le cosmos. Pour développer votre potentiel, il faut apprendre à vivre dans vos orteils. Découvrir comment les habiter. Savoir écouter leurs messages de sagesse et de force.

– Vous souriez? Vous avez raison!
– Vous n'y croyez pas? Vous avez raison!
– Vous haussez les épaules? Vous avez raison!

Je me méfierais beaucoup, au premier abord, de propos aussi peu habituels. Pourquoi les orteils, et non les genoux, ou les oreilles? Et qu'est-ce que tout cela signifie?

Vous allez le découvrir à mesure, ici même, et peut-être, bientôt, dans un stage de méthode totale. Le plus simple, avant de commencer, est d'entendre quelques témoignages. Choisissez texte, audio ou vidéo.
– Armelle, vendeuse, Düsseldorf :
« Bravo et merci! Depuis que j'ai découvert la relaxation des orteils, mes jambes ne sont plus douloureuses. »

– Jacques-Antoine, avocat, Bruxelles :
« Le yoga des orteils a positivement changé ma vie. Mes angoisses et mes insomnies ne sont plus qu'un mauvais souvenir. »

– Aïcha, mère au foyer, Madrid :
« Grâce à l'huile de rhubarbe sur le gros orteil, ma grossesse s'est déroulée sans difficulté. Merci, monsieur Staline, que Dieu te bénisse ! »

– Karine, étudiante, Strasbourg :
« Waou ! La pince à linge sur le petit orteil, ça déchire trop ! Et ça marche ! »

– John, chauffeur, Birmingham :
« Grâce à l'exercice 5, j'ai totalement arrêté de fumer. Toutes les autres méthodes que j'avais essayées depuis huit ans avaient échoué. »

À la rubrique Témoignages/Orteils, 347 autres cas.

Téléchargez nos dossiers spéciaux :

– *Le cholestérol vaincu par les orteils*
– *Orteils et mémoire, prodigieux pouvoirs*
– *J'écoute mes pieds avant l'hiver*
– *De quoi parlent vos orteils ?*
– *De l'orteil à l'orgasme*

# L'essor de la méthode totale

Communication de Marcel Staline
Séance plénière

Chers amis,

Je suis heureux de me retrouver, une nouvelle fois, parmi vous, entouré de praticiens de plus en plus nombreux. Je dis « praticiens », car je sais que certains d'entre vous ne souhaitent pas être appelés « coachs ». Je les comprends. Le terme s'est en effet galvaudé. Mais nous ne sommes pas là pour entrer dans des querelles de mots. Nous sommes tous venus ici, au contraire, pour dépasser ces querelles. Plus encore : nous sommes ici, à mon avis, pour progresser vers le dépassement de toutes les querelles de méthode.

Ces divergences sont derrière nous. Ce temps-là est terminé. Je n'ai jamais cessé de le répéter : nous n'avons plus à vanter les mérites de la sophrologie plutôt que ceux de l'acupuncture. Nous n'avons plus à préférer les huiles essentielles et l'aromathérapie au détriment de la psychanalyse ou des thérapies cognitives. Nous n'avons plus à choisir le corps contre l'âme, les mots plutôt que le sexe, ou le bien-être plutôt que la performance.

Aujourd'hui, nous possédons enfin la méthode totale. Et grâce à vous nous allons faire connaître dans le monde entier cette méthode qui combine et harmonise tous les procédés connus. Nous sommes en train d'implanter sur les cinq continents les moyens d'appréhender l'individu dans toutes ses dimensions. Nous allons permettre à chacun de se réaliser, intégralement, sur tous les plans, qu'il soit chinois ou latino-américain, africain ou indien, américain ou russe.

C'est pourquoi je tiens à saluer ici les fondateurs des premiers centres de méthode totale qui sont venus cette année parmi nous. Bienvenue à Ramon Sanchez, de Santiago, Pedro Tortoso, de Buenos Aires, Hu Li Jong, de Shanghai, Fu Païe, de Pékin, Constantin Coulibaly, d'Abidjan, Satchidananda Loka, de Bombay, Igor Jdanov, de Moscou, sans oublier mon ami Paavo Tunturi, de l'université de Turku, venu, lui, de Finlande.

Cette méthode qui nous rassemble et qui combine toutes les possibilités humaines, j'y ai été naturellement conduit en constatant que la vie elle-même combine une multitude de registres. Vivre ne se limite pas à respirer, ou à manger, ou à jouir, ou à faire du sport ou des mathématiques. Vivre englobe tout cela et mille autres choses, pour en faire une totalité. C'est pourquoi nous devons en finir avec les séparations et les oppositions mutilantes. Tout ce qui divise amoindrit la vie elle-même.

Cessons d'opposer l'instinct et l'intelligence, le sexe et la vertu, la réussite et la mystique, l'ego et le non-ego. Cessons de considérer Orient et Occident comme des mondes opposés. Cessons aussi de nous faire concurrence, cessons de croire que notre méthode est la meilleure ou même la seule bonne. Arrêtons de vanter notre spécialité et de privilégier notre compétence restreinte.

Sachons être divers, mobiles, ouverts à toutes les possibilités. De même qu'un musicien joue avec ses dix doigts, nous devons parvenir à combiner l'analyse du psychisme et le massage des orteils, le développement des orgasmes et la diététique, la pensée positive et le contrôle du souffle, l'analyse des rêves et l'huile de rhubarbe.

Plus nous pratiquons la méthode totale, plus nous apercevons entre toutes les facettes du développement personnel des correspondances plutôt que des oppositions, des complémentarités plutôt que des contradictions.

Je pense avoir déjà fait un bout de chemin sur cette route. Je sais pouvoir compter sur vous pour aller plus loin encore, pour permettre à chacun de vivre de manière plus intense et plus profonde. Le but ultime : être tout, tout à la fois, vivre sans limite, sur tous les registres en même temps. Et dans le monde entier ! Seule la méthode totale, partout diffusée, pourra nous le permettre. Je vous remercie.

# Les soucis s'annoncent

« C'est ainsi qu'il mystifiait les imbéciles à longueur
d'année, corrompant les femmes sans se gêner. »

Lucien,
*Alexandre ou le Faux Prophète*,
42, 1-2.

3 jours, 20 participants
Hoffmann Consulting
        Direction des ressources humaines

« Bonjour à tous... Je suis Xavier Bias, l'assistant de Marcel Staline, son plus proche collaborateur. Il m'a chargé, en attendant son arrivée, dans quelques instants, de vous accueillir et de vous présenter notre séminaire.

Quand Marcel Staline m'a demandé de faire cette présentation, cela m'a déplu. J'étais même carrément furieux. J'avais en effet, ce matin, rendez-vous avec une charmante jeune femme et j'ai trouvé particulièrement désagréable d'avoir à le décommander au dernier moment. J'ai commencé à maudire Marcel Staline et à me révolter contre ses directives. Je me sentais particulièrement agressif envers ce séminaire et ses participants. J'ai commencé à souhaiter, pour me venger, que toute la rencontre échoue, que tout le monde perde son temps et son argent, et que ça devienne le séminaire le plus désastreux de l'histoire du développement personnel.

Pourquoi est-ce que je vous raconte cette histoire? Tout simplement parce qu'elle concerne directement notre travail. J'aurais pu me gâcher la vie et tenter de

111

gâcher la vôtre. J'étais bien parti pour. C'est là que la méthode Marcel Staline intervient. J'étais submergé de pensées négatives qui risquaient de tout vouer à l'échec. Qu'est-ce qu'il faut faire, dans ce cas? Savoir transformer toutes les pensées en pensées positives, capables de rendre le monde différent!

Cette jeune femme, après tout, je ne la connais presque pas. Et je vais sans doute la revoir. Peut-être notre prochain rendez-vous sera-t-il bien meilleur que celui que j'ai dû décommander! Et sans doute vais-je faire, au cours de ce séminaire, des rencontres importantes, passionnantes, aussi décisives pour moi que pour vous!

Pourquoi allais-je commencer à me mettre en colère contre Marcel Staline? C'est mon maître et mon ami. Je lui dois tout. Nous sommes associés depuis des années. Je ne connais pas d'homme plus intéressant que lui au monde. Il ne m'a jamais fait que du bien. Ce n'est pas pour me persécuter qu'il m'a demandé d'ouvrir notre séminaire, mais parce qu'il a confiance en moi, totalement.

Au lieu de vouloir tout saccager, je me suis souvenu que j'allais faire avec vous le métier que j'ai choisi, qui me motive intensément et me permet de me réaliser pleinement.

Qu'est-ce qui a changé? Ce n'est pas la situation. J'ai décommandé ce rendez-vous, je suis ici, j'ouvre ce séminaire. Ce qui a changé, ce sont mes pensées, ma manière d'aborder la situation. Mais cela change tout! Au lieu d'être dans le repli sur moi-même, au lieu

112

d'être dans l'aigreur et la destruction, je suis passé dans l'affirmation, la rencontre, la réalisation.

"Contrôle de soi, contrôle du monde"... Je pense que cette histoire qui vient de m'arriver vous permet de saisir d'entrée de jeu le thème de notre... Excusez-moi, je vous demande d'accueillir notre guide... Bienvenue à Marcel Staline!... Je suis certain que vous avez plus envie d'écouter ce qu'il a à vous dire que de me voir continuer, donc je lui passe immédiatement la parole. Vous allez enfin, mesdames, messieurs, recevoir en ligne directe l'enseignement d'un maître. »

« Chers amis, merci de votre accueil! Bienvenue à ce séminaire, bienvenue dans votre nouvelle vie. Bienvenue dans la vie, simplement! Jusqu'à présent, vous n'y étiez pas. Vous pensez que j'exagère. Pourtant vous comprendrez, dans quelques jours, le sens de ces paroles. Car notre travail va vous ouvrir les portes d'une existence nouvelle, un monde différent où vous serez heureux pour toujours.

Je sais bien... vous vous dîtes : "Toujours la même rengaine, tout le monde dit ça. Tous les coachs font le coup de la vie qui change, et du plus jamais pareil..." Je n'ai aucun moyen, pour l'instant, de vous prouver que, cette fois, c'est vrai. Et je ne vous demande pas de me croire sur parole. Soyez seulement un peu patients... c'est tout ce que j'attends de vous pour commencer.

Xavier vous a mis sur la voie. Pour changer de monde, il suffit de changer de pensée. Pour changer de pensée, il suffit de se reprogrammer. Voilà, vous savez tout. Je peux m'en aller...

Je plaisante, évidemment, en disant que je vais m'en aller. Mais pas en disant que vous savez tout. Il n'y a que ces deux points : changer ses pensées, savoir les reprogrammer. Le chemin que vous allez parcourir sépare ce savoir brut, extérieur, d'un vrai savoir, inté- riorisé et maîtrisé. Mais c'est une révolution! Nous allons la vivre ensemble.

La plupart des gens pensent qu'il est impossible de changer le monde. Il est trop vaste, trop complexe. Le monde est hors de notre portée, ou bien il nous résiste. C'est à nous de céder, de plier devant la réalité. Des- cartes a résumé cette attitude : " Plutôt changer mes désirs que l'ordre du monde ".

Cette attitude résignée repose sur un malentendu. L'erreur de Descartes, c'est de croire que " mes désirs " et " l'ordre du monde " sont des éléments différents. Il ne voit pas qu'il s'agit, en fait, d'une seule et même réalité. Si je change mes désirs, je change l'ordre du monde. Il n'y a pas de différence entre notre mental et la réalité. Ce que nous pensons détermine le monde où nous vivons.

Cette vérité profonde, un philosophe allemand l'a formulée pour la première fois en 1818. C'est Arthur Schopenhauer. Son ouvrage majeur commence par cette phrase : " Le monde est ma représentation " (*Die Welt ist meine Vorstellung*). Qu'est-ce que cela veut dire? Que tout dépend de la manière dont je me représente la réalité. Celle-ci n'est pas indépendante de ma représentation. Elle n'existe pas en dehors de ma volonté. Le monde n'est rien par lui-même. C'est par nous qu'il existe.

J'entends déjà vos protestations. Et les maladies? Et le chômage? Et tous les malheurs du monde, les misères individuelles et collectives, les accidents et les guerres, la folie meurtrière des uns et les égoïsmes des autres, ce n'est pas par moi que ça existe! Je n'y suis pour rien! Cela existe indépendamment de ma volonté, et parfois me tombe dessus sans que j'y sois pour rien...

Erreur! Détrompez-vous! Tout dépend de nous, y compris notre malheur et le destin qui parfois nous accable. Comment est-ce possible? Pour commencer à entrevoir la réponse, partons des cas où rien ne marche comme on pourrait s'y attendre. Cet orphelin placé chez des paysans pauvres qui se retrouve vingt ans plus tard à la tête d'un empire financier et d'une famille rayonnante, comment a-t-il fait? Ce fils d'une vieille dynastie industrielle qui finit par sombrer dans la déchéance et la destruction, comment a-t-il fait?

Réfléchissez à tous les exemples de cette sorte que vous connaissez. Parmi les gens les plus défavorisés, les plus démunis, les moins prédisposés au succès, il en existe toujours qui parviennent à une réussite éclatante, à la fois professionnelle et personnelle. Inversement, parmi les plus riches, les plus doués, les plus protégés, il existe toujours des gens qui parviennent à ruiner leur existence.

115

Si vous regardez comment s'organisent toutes ces vies, vous constaterez que ce n'est pas le hasard qui provoque ces réussites et ces échecs. Ce ne sont pas non plus des circonstances extérieures. Ce sont toujours les idées que les gens se font d'eux-mêmes, de leurs capacités, des objectifs qu'ils peuvent atteindre. On mène toujours la vie qu'on a dans la tête! On vit dans le monde qu'on pense. C'est la première clé.

La deuxième, c'est que nous pouvons modifier nos pensées. Nous avons cru, très longtemps, que nos désirs, nos émotions, nos sentiments suivaient leur propre cours. Nous étions persuadés que nous n'y pouvions rien, ou presque rien. Ce destin intérieur appartient au passé. Nous savons, désormais, comment nous rendre maîtres de nos pensées. Nous pouvons apprendre à les contrôler, à les piloter, à les diriger comme nous voulons. Nous savons mettre à l'écart les pertes d'énergie et les illusions. Nous pouvons dissoudre les émotions négatives et les erreurs de trajectoire. Désormais, nous sommes en mesure de rendre *toutes* les pensées positives, efficaces, dynamiques, puissantes et victorieuses.

Ce que vous allez découvrir servira aussi bien à votre vie professionnelle qu'à votre vie personnelle. Vous êtes tous consultants chez Hoffmann Consulting, qui nous a commandé cette formation spécialement pour vous. Vous saurez bientôt écarter le stress, et même le transformer en énergie. Vous serez de plus en plus performants et heureux en même temps, sans jamais avoir le sentiment d'être tendus ni débordés. Vous découvrirez comment emporter l'adhésion, convaincre vos interlocuteurs, et mettre tout le monde dans votre poche.

Surtout, vous ne ferez plus de différence entre votre réussite chez Hoffmann et votre épanouissement personnel. Nous allons en finir avec toutes les séparations, les coupures, les compartiments! Pour y parvenir, je vous propose de considérer la vie comme un jeu. Finies les distinctions entre le futile et le sérieux, le travail et les loisirs, les passions et les obligations, entre l'intérêt et la gratuité. Le jeu, c'est la noblesse de la gratuité absolue, la passion de l'acte accompli par pur plaisir, sans nécessité ni besoin.

L'Inde des anciens brahmanes avait parfaitement perçu le rapport fondamental du jeu et du divin. Les dieux n'ont besoin de rien. Ils ne sont contraints par aucune nécessité. Le jeu (*lîlâ*, en sanskrit) est la manifestation de l'absolu, la pure activité divine qui s'amuse de sa propre puissance sans être poussée par quoi que ce soit ni tenue par aucun objectif préétabli.

Ce que nous pouvons faire de mieux, dans nos existences limitées, c'est de nous rapprocher de cette grande activité gratuite. C'est pourquoi les séances de ce séminaire sont organisées comme des jeux où vous tenterez successivement d'imaginer toutes vos vies possibles, de faire ressurgir vos vies antérieures, où vous apprendrez à programmer votre mental et à relever de nouveaux défis.

Ce programme vous a été communiqué. Je vous recommande vivement de le suivre très scrupuleusement et de préparer les questions qui vous ont été remises.

Nous nous retrouverons pour le coaching personnel direct.

Je vous souhaite un bon début dans la vie.

# Entre Marcel et Xavier

– C'est quoi, cette histoire de rencard annulé? J'ai pris l'écoute de la salle avant de te rejoindre... C'est bidon, juste pour les promener, ou tu avais vraiment un coup en route?
– Tu sais bien que je ne mens jamais. C'est tout ce qu'il y a de plus véridique.
– Je la connais?
– Tu vas être étonné
– Une Bulgare? Une infirme? Une gardienne de zoo?
– Arrête tes conneries. La fille de *Du côté des femmes*.
– Laquelle? Elles étaient deux.
– La blonde, évidemment.
– Pourquoi ça m'étonnerait? À cause de son papier?
– Non, d'ailleurs le papier, il paraît que c'est la grande brune à gueule de cheval qui l'a écrit.
– T'exagères, elle a pas une gueule de cheval. T'aimes que les rondes et molles.
– Occupe-toi de ta queue. Et surtout arrête de me casser mes rencards!
– Si monseigneur Casanova pouvait m'expliquer pourquoi il saute un vendredi matin une fille qui nous traîne dans la boue, ce serait un grand honneur, et un vrai soulagement pour une bonne partie de mes neurones.
– Tu faiblis, Marcel. Après l'article qu'elles ont publié dans leur torchon, tu te souviens, j'ai envoyé une lettre genre « protestation indignée de l'honnête responsable diffamé par des pisse-copie irresponsables »?

119

— Même que je t'avais repris deux ou trois phrases...

— Eh bien, aussitôt, voilà la Marianne qui m'appelle, et qui balance sa copine. « C'est elle qui voulait, elle qui a tout fait, moi j'y suis pour rien, j'espère que vous me croyez... » Alors on a bu un verre. La fois suivante, on a dîné.

— Ça te paraît pas bizarre ?

— Quoi ?

— Une journaleuse qui a des états d'âme, qui pleure sur l'épaule de mon bras droit, si j'ose dire... Il y a de quoi se méfier.

— Ça va, la parano ! Cette fille, elle sait à peine compter. Laisse tomber, elle est trop gourde pour être dangereuse.

— Je t'aurai dit de te méfier. Essaie de ne pas l'oublier.

— Ta gueule, chef !

Hoffmann Consulting
Direction des ressources humaines
Séminaire Marcel Staline
Responsables premier niveau

### Vendredi

**9 h**

Accueil des participants par Xavier Bias,
Directeur de l'institut Marcel Staline

**9 h 15**

Intervention de Marcel Staline :
« La vie comme jeu »

**9 h 30 – 12 h 30**

Le jeu des vies possibles
Déjeuner japonais/lecture du *Shôbogenzo* de Dôgen

**14 h – 18 h**

Le jeu des corps inconnus

**18 h – 20 h**

Aromathérapie, mouvements oculaires
Dîner vaudou/Transes et possession avec Lé Doc

## Samedi

**9 h – 12 h**
Le jeu des vies antérieures

**12 h – 13 h**
Zazen
Déjeuner inca/lecture du *Popol Vuh*

**14 h – 18 h**
Le jeu de la programmation mentale

**18 h – 20 h**
Massage d'orteils
Dîner himalayen/lecture des *Stances* d'Abhinava-gupta

## Dimanche

**9 h – 12 h**
Le jeu des nouveaux défis

**12 h – 13 h**
Massage ayurvédique
Déjeuner bourguignon/lecture de *Gargantua* et *Pantagruel*

**15 h – 20 h**
Coaching individuel des participants par Marcel Staline

Pour préparer le séminaire, répondez par écrit, en 10 ou 20 lignes, à chacune des questions suivantes :

1 – Énumérez au moins 15 vies que vous pourriez éventuellement vivre dans les années qui viennent.

2 – Vous arrive-t-il de vous sentir enfermé dans votre situation actuelle? De quelle façon? Pourquoi?

3 – Énumérez au moins une dizaine de vies qu'il vous paraît impossible de vivre dans les années à venir. Qu'ont-elles en commun?

# Jean Richt à Paul Bléfoie

Cher maître et ami,

Je vous écris comme à un dernier recours, avec l'espoir de vous convaincre.

Vous n'ignorez pas quelle notoriété douteuse s'est emparée de notre ami Marcel. Si j'en viens à vous prier aujourd'hui d'intervenir, ce n'est pas pour lui. Il est assurément assez libre et responsable pour que je m'abstienne de vouloir interférer dans la conduite de sa vie. Qu'il ait préféré l'argent à l'étude, la renommée à l'estime, le pouvoir à la vertu, ce sont des choix qui sont les siens. Ils me déçoivent sans pour autant me surprendre, nos années communes passées à suivre votre enseignement m'ayant découvert bien des facettes de sa personnalité que vous-même, sans doute, ignorez encore.

En revanche, ce qui me paraît exiger une intervention, ce sont les méthodes qu'emploie aujourd'hui son institut, au mépris de toutes les normes éthiques et de la dignité humaine. La presse, comme vous l'avez sans doute vu, commence d'ailleurs à faire écho à certaines protestations.

Ce point, malgré son importance, n'est pas encore le plus crucial. Les propos de Marcel Staline, largement diffusés par les soins de son entreprise, sont devenus idéologiquement dangereux. Ils sont dominés, de manière continue et répétée, par le refus des limites et l'affirmation de la toute-puissance. Ces thèses sont contraires à

celles que vous avez toujours défendues. Elles sont perni-
cieuses du point de vue politique autant que du point de
vue moral. Compte tenu de la vitesse à laquelle ces
conceptions se répandent, et de leurs effets dévastateurs
dans l'actuelle confusion des esprits, je crains qu'elles ne
nous conduisent au chaos, si une grande voix ne vient y
mettre le holà.

C'est pourquoi je pense qu'une prise de position
publique de votre part, centrée sur les risques que font
courir à la dignité humaine et à la rigueur philosophique
les positions de Marcel Staline, est devenue à présent
indispensable. Elle serait d'autant plus légitime que votre
nom est régulièrement utilisé par la propagande (je ne
vois guère d'autre mot) de son institut.

En vous redisant mon espoir que l'importance de ce
geste ne puisse vous échapper, je vous adresse, cher
Maître et ami, l'assurance de ma fidèle affection.

Jean Richt

## Entre Paul Bléfoie et Jean Richt

– Allô ? Bonjour, je souhaite parler à Jean Richt.

– C'est moi.

– Bléfoie. Comment allez-vous ?

– Très bien, merci de m'appeler. Je suppose que vous avez reçu ma lettre.

– Oui, ce matin même. Écoutez, mon cher Jean, si vous voulez mon conseil, ne vous mêlez pas de tout ça. Vous connaissez Marcel Staline. Il est supérieurement intelligent, et souvent retors. Aujourd'hui, le succès aidant, il est devenu particulièrement influent. Si vous entrepreniez quelque chose contre lui, vous iriez au-devant des pires ennuis. Je tiens à vous en dissuader...

– Pardonnez-moi, mais je pensais à une intervention de vous-même. C'était le sens de ma lettre. Vous seul avez l'autorité intellectuelle, le prestige académique, le poids historique contre lesquels il ne pourra rien.

– Oui, je comprends bien. Mais, franchement, je n'y tiens pas. Marcel est un de mes anciens disciples. Comme vous, c'est plus qu'un étudiant, un véritable ami. J'aurais scrupule à le dénoncer.

– Comment vous, Paul Bléfoie, pourriez-vous laisser votre nom dans le Comité de parrainage d'un institut où la vie privée est tous les jours bafouée, la liberté niée, la manipulation élevée à la hauteur d'un art ? Cela me paraît inconcevable ! Il faut absolument que vous preniez position publiquement. Il faut ouvrir les débats autour de ces pratiques.

– Ce ne sont pas des débats qui s'ouvriront, mon cher Richt. Ce ne sera qu'une affreuse et confuse polémique, un grand déballage qui ne débouchera sur rien. On y perdra de vue les enjeux de départ, tous les coups seront permis, et Dieu seul sait ce qui en sortira !

– Marcel Staline ne cesse de répéter que désormais nous n'avons plus de limites, que nous pouvons tout. C'est aux antipodes de tout ce que vous enseignez, de tout ce que vous défendez ! Il n'est pas possible que vous restiez silencieux. Une polémique se déclenchera ? Eh bien, tant mieux !

– Vous ne m'avez pas bien entendu. Je vous répète que je ne le souhaite pas. Je suis un vieil homme, vous savez, j'ai plus envie de silence et de calme que de batailles sur la place publique.

– Mais, monsieur Bléfoie, si l'éthique est en jeu ? Si la liberté est bafouée, la dignité mise en cause ?

– Comment donc dois-je vous le dire ? Écoutez, je me suis juré de ne plus me laisser prendre à aucune polémique depuis très longtemps, très longtemps. Quand j'étais encore étudiant, j'ai écrit quelques articles à la gloire de Pétain. Je me suis expliqué là-dessus, eh bien, j'en entends encore parler ! Il y a toujours un youpin dans un coin pour ressortir cette affaire du placard, vous savez bien qu'ils sont partout, ces vermines, et je suis persuadé qu'ils ne me lâcheront pas... Allô ? Allô ? Allô, Richt, vous m'entendez ?

## Entre Paul Bléfoie et Marcel Staline

— Allô, Marcel? Ici Bléfoie!

— Comment allez-vous? Qu'est-ce qui me vaut l'honneur de vous entendre?

— Je souhaitais simplement vous informer. Jean Richt prépare quelque chose contre vous. Il m'a sollicité, évidemment j'ai refusé, mais il faut que vous le sachiez. Il a l'air très déterminé.

— Oui, je sais. Il m'a déjà écrit il y a quelques semaines. Je vous remercie de votre fidélité et de votre franchise. Quant à ce petit type, il recevra certainement un prix de vertu dans une kermesse de campagne... Sans importance.

— Faites quand même attention, Marcel. Vous devenez très imprudent.

— Je tiendrai compte de vos conseils, mon cher maître. Que puis-je faire pour vous en échange, pour vous manifester ma gratitude?

— À l'Académie, l'autre jour, mon collègue Delachambre m'a dit que sa petite-fille cherchait du travail. Elle s'appelle Émilie, et sort de Langues O.

— Eh bien, vous me l'envoyez dès demain! Autre chose pour vous plaire?

— Eh bien... Il y a toujours cette Fondation...

— Le virement habituel est parti ce matin.

— C'est-à-dire... peut-être faudrait-il songer à le réviser...

— Il est doublé dès le mois prochain. Cela vous convient?

— C'est absolument parfait!... Je vous signale aussi que je n'ai plus de films nouveaux.

— Ce sont toujours les doubles extrêmes que vous aimez?

— Eh oui! Parfaitement...

— Vous en aurez dès demain chez vous.

— Vous êtes toujours le même, mon bon Marcel : imprudent, mais princier. Je vous remercie.

— C'est moi qui vous suis reconnaissant. À bientôt.

# Jean Richt à *Temps futurs*

Chers amis,

Ce petit mot pour vous informer que j'ai commencé à rédiger une analyse des discours et des pratiques de Marcel Staline, qui débouche plus largement sur une critique de la vague actuelle des coachs et du « développement personnel », en particulier d'un point de vue philosophique.

Je vous enverrai mon texte dès qu'il sera prêt, en espérant que vous pourrez le publier dès que possible.

Il est probable qu'il soulève quelques vagues, mais *Temps futurs* a l'habitude.

Bien à vous,

Jean Richt

# Entre Marcel et Xavier

– Tu peux noter quelques trucs à faire? J'ai eu Bléfoie. Au fait, il paraît que Richt prépare une saloperie contre nous.

– Richt? Aucune importance!

– Pas sûr. Il n'est pas idiot, il sait des choses, il a ses réseaux.

– Tu parles... *Temps futurs*, le Comité pour la morale, des trucs comme ça. C'est bon pour les nuls.

– À voir... En tout cas, Bléfoie a refusé de se laisser embarquer. Alors, évidemment, il est venu aussitôt à la soupe. Tu t'en occupes, s'il te plaît... Il faut caser une fille Delachambre où l'on peut. Elle parle des langues. Peut-être à la com?

– Je vais voir. Autre chose, je suppose?

– Bien sûr. Tu doubles le virement à sa Fondation bidon, il va s'acheter plus de cognac. Et il veut quelques nouvelles « doubles extrêmes ».

– Encore des doubles extrêmes? Je n'en ai plus beaucoup qu'il ne connaisse pas. Tu sais que ça vaut un prix fou maintenant.

– Tu te démerdes, je lui ai promis pour aujourd'hui.

– Quelle vieille roulure...

– Que veux-tu, c'est ça, les vieux humanistes : ça se branle avec des vidéos de vrais meurtres, avec éviscération et dépeçage. À mon avis, c'est son goût de l'authentique qui refait surface. Les viols, les séquestrations, les tortures, ça peut toujours être bidon. En

131

double extrême, pas d'arnaque possible : quand on sort les tripes, on sort les tripes... Ça doit être ça qu'il appelle « la découverte de l'intériorité dans l'autre »!...
— T'es pas gonflé!...
— Moi, je déteste tous ces trucs, mais si ça le tient, tant mieux. Fais ça vite. À tout à l'heure!

# Marianne à Alice

*(e-mail)*

Salut Titepoule,

Tu sais quoi ? Le fameux Bias, il vient de faire porter chez moi une soixantaine de roses pour s'excuser pour le rendez-vous. Je sais bien que tu peux pas le blairer... quand même, c'est classe ! Et puis c'est une sacrée queue !

Bon, je t'embrasse et je te tiens au courant.

Nayram

PS : Et toi, t'en es où ?

## Boissec, meilleure chance nationale
## sur 400 m aux Jeux olympiques

Sélectionné pour l'épreuve du 400 m, le coureur d'origine guadeloupéenne Timothée Boissec part en grand favori aux Jeux olympiques.

Depuis qu'il a le fameux Marcel Staline comme coach personnel, il a battu trois fois son propre record d'Europe et il a remporté toutes les compétitions auxquelles il a participé.

Dans l'état actuel des choses, on ne voit pas quel coureur serait en mesure de lui ravir la médaille d'or si sa performance en finale est équivalente à celles qu'il a réussies cette saison.

Le président de la République lui a adressé ses vœux en lui exprimant sa confiance.

Radio Culture
L'Invité du soir
*une émission d'Antoine Khalda*
*Aujourd'hui : Marcel Staline*

## « Vivre dans l'instant », est-ce possible ? Qu'est-ce que cela signifie ?

— Avec nous ce soir, pour répondre à vos questions en direct, Marcel Staline. Depuis quelques mois, on ne parle plus que de sa « méthode totale ». Selon lui, grâce à cette méthode, vous pouvez perdre du poids, effacer votre stress, maîtriser votre énergie et bien d'autres merveilles.

Comme nous ne pouvons aborder tous les aspects de cette méthode, nous avons choisi de mettre en lumière un de ses points clés : « vivre dans l'instant ». Marcel Staline insiste sur le caractère essentiel de ce point.

Avec lui, en direct, ce soir, nous souhaitons approfondir la discussion grâce à vos questions. « Vivre dans l'instant », est-ce possible ? Qu'est-ce que cela signifie exactement ?

Comme il y a de très nombreux appels, je passe tout de suite la parole à Murielle, qui nous appelle de Genève. Bonsoir, c'est à vous ! Allô... Allô, oui c'est à vous, posez votre question, Marcel Staline vous écoute !

— *Bonsoir monsieur Staline. Dans la méthode totale, je trouve que vous mettez trop l'accent sur notre point de vue personnel. Je... excusez-moi, je ne sais pas si je me fais bien comprendre, je veux dire, il y a quand même des réalités qui ne dépendent pas de nous, je pense au chômage, à la maladie, par exemple.*

— Madame, je vous remercie de cette remarque, car elle me conduit à préciser un point qui fait souvent l'objet de contresens. Bien sûr il existe un marché de l'emploi, des crises économiques, des virus et des accidents.

Et pourtant, je maintiens que votre vie dépend de vous, de vous seul et de personne d'autre ni d'aucun autre facteur. Tant que vous n'aurez pas saisi ce point, tant que vous ne l'aurez pas compris en profondeur, à mon avis vous ne ferez que vivre au ralenti!

Imaginez que, demain matin, tous les éléments apparents de votre existence soient demeurés identiques. Vous avez le même physique, le même mari, la même maison, le même travail, les mêmes revenus, les mêmes loisirs, les mêmes goûts, les mêmes qualités et défauts... MAIS vous regardez tout cela tout à fait différemment. Aucun de vos jugements antérieurs ne subsiste.

Imaginez encore que vos horizons soient tous modifiés. Vous n'avez plus, à partir de ce jour-là, les mêmes aspirations, ni les mêmes goûts. Diriez-vous que vous êtes la même? Que vous avez toujours la même vie? Que le monde est demeuré identique?

— *Sans doute que non, mais cela ne veut pas dire que tout sera changé!*

— Mais si, justement! Car le monde a les couleurs de vos désirs, la texture de vos rêves. Tout ce que vous vivez a la forme de votre mental. L'univers est ce que vous pensez. Vous pouvez vivre dans un monde hostile, ou rabougri, ou décevant. Vous pouvez au contraire vous mouvoir dans un monde surprenant, ou apaisant, ou bienfaisant – uniquement, cette fois encore, parce que vous le jugez surprenant, ou apaisant, ou bienfaisant.

Je sais bien que vous n'êtes pas encore intimement persuadée. Pourtant, au fond de vous, vous savez déjà qu'il en est ainsi. Ce qui vous empêche d'y croire pleinement, c'est tout ce que vous dressez en vous-même de barrières contre cette idée. Vous vous dites que ce n'est pas tout fait ainsi, qu'il existe tout un monde qui nous résiste, ne dépend pas de nous, un monde ob-jec-tif et solide, insensible aux mutations de notre humeur ou de nos désirs. Eh bien, je crois qu'il s'agit là d'une illusion. Elle est tenace, elle est répandue. Mais c'est une illusion !

– Merci Marcel Staline, si vous le voulez bien ! prenons un nouvel appel, car l'heure tourne. Nous avons en ligne Michel Barcot, de Lille, c'est à vous, Michel !

– *Je voudrais d'abord remercier monsieur Staline, parce que, grâce à lui, je veux dire grâce à sa méthode totale, j'ai pu vaincre ma timidité, alors voilà, je lui suis très reconnaissant. Et je veux lui demander si à son avis on peut vaincre le temps.*

– Pardonnez-moi, je n'ai pas bien compris votre question.

*— Je veux savoir si on peut vaincre le temps!*

— Michel, pouvez-vous préciser votre question?

*— Ben.. je veux dire... vaincre le temps, quoi, est-ce que c'est possible? C'est ça que je veux savoir!*

— Merci! Alors, Marcel Staline, qu'en pensez-vous?

— Je pense que Michel doit savoir, comme tous nos auditeurs, qu'une heure peut filer à toute allure ou bien s'étirer interminablement. En fonction de quoi? Est-ce à cause du temps objectif, où toutes les heures ont soixante minutes, identiquement, immuablement? Nous savons bien que non. Si le temps passe vite, ou ne passe plus, s'il est soudain léger, fluide, diaphane, ou au contraire épais, visqueux, obscur, c'est en fonction de nous. En raison de ce que nous espérons ou redoutons, de ce qui nous transporte ou nous ennuie, de ce qui nous enthousiasme ou nous bloque.

Si on y réfléchit, on voit vite que tout est comme le temps. Aussi variable. Aussi contrasté. Aussi soumis à nos humeurs et nos émotions ou nos décisions. La totalité du monde dépend de nous, et de nous seul. Même si nous ne nous en rendons pas compte. C'est pourquoi il nous est possible de vivre plus.

Si vous quittez l'attitude mentale qui vous limite, si vous abandonnez l'idée d'être restreint à un seul horizon, si vous larguez ces anciens carcans, ces prisons imaginaires, tous ces enfermements qui vous ont fait vivre jusqu'à aujourd'hui dans un monde étroit, délimité, hérissé d'interdits et d'impossibilités, alors vous pouvez tout maîtriser.

— *Merci monsieur Staline! Vous avez le bonjour de Roseline, vous savez, Roseline de Roubaix.*

— Prenons un autre appel. Je crois qu'il est temps de recentrer le débat sur notre thème de ce soir : « vivre dans l'instant ». Madame Nune, vous nous appelez de Corse, il fait beau ?

— *Très beau, je vous remercie monsieur Khalda. Je veux demander à Marcel Staline ce que peut nous apporter de vivre dans l'instant.*

— Je vais d'abord indiquer qu'il n'y a rien à craindre. Ne croyez pas qu'il s'agit d'un changement si long et si lent qu'il n'est pas pour bientôt, peut-être pas pour vous, tellement il faudrait être patient, fort, et endurant. Pas du tout. Ce n'est pas demain que cette mutation aura lieu. Pas dans un avenir lointain, difficile à discerner. C'est tout de suite, là même ! Et sans effort particulier. C'est toujours à votre portée, totalement. À la portée de tout être humain, quel qu'il soit. Quels que soient son passé, ses forces ou ses capacités. Il n'y a aucun don requis, aucune prédisposition nécessaire.

Et pour répondre à cette dame, que je remercie de sa question, je dirai tout simplement que cette mutation est la seule qui procure un bonheur immédiat. Avez-vous remarqué ? Partout, toujours, le bonheur est à venir. C'est un résultat lointain, un but ultime. Tout ce que vous faites, c'est pour être heureux « plus tard », « un jour ». Ce qu'il faut faire peut être long, douloureux, ou difficile, coûteux, complexe, fastidieux... Le bonheur en proviendra. Peut-être. Si tout va bien. Si l'on fait tout ce qu'il faut. Si l'on est assez patient. Ou endurant. Ou économe. Ou obstiné. Si les dieux sont avec nous...

Je ne vous annonce rien de tel! Pas d'horizon. Pas de lendemain. Pas d'objectif, ni même de projet. C'est ici. C'est tout de suite. Vous vivez plus à présent. À l'instant, dans le monde tel qu'il est. Le changement est aussi rapide que lorsqu'on fait la lumière dans une pièce obscure. Aussi efficace et aussi indolore. Bien sûr, vous pourrez encore et toujours faire des projets d'avenir. Mais ils ne seront plus en aucune façon conditions du bonheur. Ils formeront plutôt ses conséquences ou ses développements. L'avenir ne contient rien de plus que le présent, à partir du moment où vous avez atteint la plénitude de ce que vous êtes.

Inutile aussi de faire dépendre ce changement du passé. Inutile et illusoire. Quand vous faites la lumière dans une pièce obscure, vous n'avez aucun besoin, pour que cela marche, de savoir depuis combien de temps la pièce est dans l'obscurité, si c'est à cause de la nuit, de l'hiver ou des volets, si la pièce est vide ou pleine, de construction ancienne ou récente, etc. Vous allumez, et c'est tout.

— *Pourtant, monsieur Marcel, excusez-moi si je vous appelle monsieur Marcel, c'est l'émotion, eh bien, j'ai eu une enfance difficile. Mateo, c'était mon beau-père, il me frappait avec son ceinturon...*

— Écoutez, chère madame, cela ne fait rien. Peu importe votre enfance, vos tribulations d'autrefois, peu importe les méandres et les labyrinthes de votre préhistoire. Je ne m'intéresse pas à vos amours anciennes, à vos souffrances passées, à aucune de vos antiques reliques. Ce que vous avez souffert ou espéré, réussi ou raté, cela m'est totalement égal. Et je dois ajouter : à vous aussi! Oui, à vous aussi, désormais!

La clé de cette mutation est là : tout se joue au présent. Vous pouvez devenir indifférente à votre passé. Toute cette masse obscure compacte, pesante, vous vous en défaites, d'un coup!

Je vous assure : vous pouvez laisser tomber vos souvenirs, votre histoire. Vous pourrez toujours là encore évidemment garder en mémoire tout ce que vous voudrez, des scènes touchantes ou érotiques, des images tendres ou violentes. Il n'est pas question de vous effacer la mémoire! Faire le vide est inutile.

Mais votre passé ne sert à rien pour changer de vie. N'attendez de lui aucune aide. Ne redoutez de lui aucune entrave. Évitez surtout de croire qu'il faudrait ruminer tout cela pour s'en sortir. C'est là l'un des pires pièges. Croire qu'il soit indispensable, ou même simplement utile, de patauger dans la mémoire pour changer de vie, ce n'est qu'une illusion. Votre avenir n'est que dans le présent. C'est le seul lieu où existe la totalité. Si vous y êtes, elle est à vous. Elle est vous.

— Sur ces belles paroles, je crois que nous pouvons conclure. Merci à vous, Marcel Staline! Au micro Antoine Khalda, à la technique Salomé Devarin assistée de Bruno Berthoud, c'était *L'Invité du soir*,

141

avec Marcel Staline qui répondait à vos questions en direct des studios de Radio Culture. Demain nous recevrons Pascal Michel pour son dernier album *Toujours sans toi*. Et nous retrouvons maintenant Armelle Lebourg pour les dernières informations...

# Les ennuis se multiplient

« Il avait installé des foules d'espions complices, qui lui rapportaient les pensées de chacun, lui signalaient à l'avance les questions que les gens lui feraient et leurs désirs les plus vifs. »

Lucien,
*Alexandre ou le Faux Prophète*,
37, 1-6.

# Entre Marcel et Xavier

— Salut! Le séminaire?

— Normal, R.A.S... Ah non, il y a un type qui a disjoncté.

— Grave?

— J'en sais rien. Pas vu le compte rendu.

— Il est où?

— Infirmerie. Crise de nerfs, apparemment. Il a commencé à injurier le coach, puis il a tenté de le frapper. Il devrait être réintégré ce soir avec quelques comprimés, sauf complications.

— Bon. Je m'en occuperai demain. Dis au toubib de forcer la dose. Pas question qu'il foute la merde. C'est quoi, ce type?

— Un cadre à l'international.

— On peut dire qu'il s'est détraqué là-bas. Bon, on va voir. Tu as eu le rapport d'Élodie?

— Non, pas encore...

— Qu'est-ce qu'elle fout? Je le veux pour ce soir avant 11 heures. Comment je peux tenir ces connards, si je n'ai pas les infos? C'est quoi, ce travail?

— Tu l'auras, je m'en occupe.

— Je veux tout, tu as bien entendu? Tout : les maîtresses ou les amants, les trucs de cul, les phobies, les fantasmes, les machins qu'ils n'ont pas dit en collectif. Les jalousies, les histoires de la boîte, les coups de fric, les réputations, les racontars, les rivalités. Tout de tout. À quoi ça sert qu'on paie cette fille, qu'on la laisse draguer dans tout le

145

stage avec les autres, si on n'a pas les infos ? Je compte sur toi. Bon. Autre chose : tu as fait tous les trucs pour Bléfoie ?

– Tout est bouclé. Je lui ai fait porter seulement deux doubles extrêmes. C'est tout ce qui me restait.

– Bon, ça ira. Au fait, j'ai oublié de te demander, l'autre jour : comment tu les as, ces saloperies ?

– Secret professionnel, chef !

– C'est une filière sécurisée ?

– Ce genre de films ne se trouve pas dans les vidéo clubs.

– Fais pas l'imbécile. Je ne te demande pas si c'est dans le commerce. Je veux savoir si quelqu'un couvre, en cas de pépin.

– Du béton !

– Bon, à demain... Salut !

## Exclusivement pour M. S. et X. B.

Comme il m'a été demandé, je me suis inscrite au stage « Contrôle de soi, contrôle du monde » organisé par le Centre Marcel Staline pour Hoffmann Consulting. Le groupe étant très décentralisé, il a été facile de me faire passer pour une nouvelle directrice régionale, récemment nommée, encore inconnue des dirigeants plus anciens. J'avais lu plusieurs documents internes du groupe, communiqués sur X. B., et personne n'a rien trouvé anormal.

J'ai donc participé au stage sous le nom d'Armelle Carroz, directrice régionale de Poitou-Charentes. Sur les vingt participants inscrits, dix-huit étaient présents. Un des deux absents était malade (hospitalisé), l'autre n'a pas donné signe de vie. 14 hommes, de 37 à 51 ans (huit catholiques non pratiquants, un protestant, deux juifs, un musulman, un bouddhiste, un bahaïste). 4 femmes de 34 à 42 ans (deux catholiques non pratiquantes, une juive et moi).

Ambiance d'ensemble assez bonne, bien que j'aie trouvé les participants un peu guindés. Ils se méfient visiblement les uns des autres. La concurrence au sein du groupe est vive.

Quelques-uns (les dirigeants Île-de-France, Nord et Alsace) se connaissent bien et depuis longtemps. Les

147

femmes sont tenues à l'écart de manière habituelle. La matinée de mise en route s'est déroulée sans incident notable. Tous prennent des notes, sauf le Marocain et le DR Marseille.

Olivier Praz, de Bourgogne, a tout de suite commencé à me draguer, de façon directe et plutôt vulgaire. À la pause. Bernard Grand, responsable de la com en interne, s'y est mis aussi, avec plus d'humour. Comme il connaît presque tout le monde, je lui ai pris le maximum d'infos, que j'ai complétées au déjeuner en copinant avec Esther Roger, qui est là depuis huit ans.

Synthèse des points utiles à connaître.

*Personnalités fortes*

— Patrice Dechaume, DR Île-de-France, adjoint du DG, sûr de lui, malgré des angoisses pour l'argent. Joue au poker. À ménager : initiateur du stage avec l'IMS.
— Mohammed Alzaraoui, responsable Maroc et Afrique du Nord, lié au Cabinet du Roi par son frère. Dominateur et intrigant. À choisi le rôle du roi Arthur dans les vies possibles, et Charlemagne comme vie antérieure. Attention : assez peu convaincu par l'utilité du stage. Coléreux et grande gueule.
— Esther Roger : ex-maîtresse du DG, connaît tous les dessous de la boîte.

*Personnalités faibles*

– Guillaume Vitraz, DR Bretagne. Timide, introverti, presque craintif, probablement déprimé (sous antidépresseurs depuis deux mois).

– Bernard Grand, Dir com interne. Bavard et anxieux, sentiment d'échec. A peur de se faire virer (voir note annexe).

– Valérie Parmin, DR Aquitaine. Un peu boulotte, célibataire, lesbienne et mal à l'aise.

*Relations avec les participants*

– Un noyau dur de cinq personnes existe depuis plusieurs années (Patrick Dechaume, Esther Roger, Olivier Praz, Bernard Bon, Hervé Lechar). Ils ont en grande partie accaparé le stage et mené les séances.

– Un second groupe, constitué sur place, Mohammed Alzaraoui, Bernard Grand, Robet Cohen et Valérie Parmin.

– Relations très tendues, presque agressives, entre Esther Roger et Valérie Parmin, et surtout entre Dechaume et Grand.

*Rumeurs à connaître*

– Dechaume, selon Esther Roger, aurait bénéficié il y a deux ans de notes de frais exorbitantes, disproportionnées par rapport à ses déplacements (Afrique, Asie, missions spéciales pour le DG).

— Toujours selon Esther Roger, Valérie Parmin aurait couché avec la femme de Bernard Grand.

— Mohammed Alzaraoui est homosexuel, selon plusieurs informations convergentes. Préfère les adolescents.

*Détails particuliers*

— Consomment de la cocaïne : Dechaume, Alzaraoui, Esther Roger.
— Séropositif : Vitraz.
— Surendettement : Grand, Lechar.

*Déroulement du stage et des séances*

— Rien à signaler d'important (pour les détails, voir avec les coachs, comme d'habitude).

*Incident particulier*

— Le deuxième jour, Bernard Grand n'a pas supporté d'entendre dire que sa situation précaire était de sa responsabilité. Il a contesté les propos du coach de façon véhémente, puis de plus en plus coléreuse. À la fin de la séance, il a menacé le coach du poing. Les appariteurs l'ont emmené à l'infirmerie, qui a appelé le SAMU (voir note annexe).

## Le cas Bernard Grand

41 ans. HEC, MBA Cambridge, stages chez Holywell, Halifax, Honeywell et Barnes. Premier emploi dans la com chez Dowson and Dowson, puis Dodge United. Entre chez Hoffmann il y a huit ans.

Comme il connaît la plupart des participants, je me suis laissé draguer. Ai couché avec lui le premier soir (facturation au tarif C : pratiquement impuissant, pas de spécialité).

Voici ce que j'ai appris :

Bernard Grand est marié. Il a trois enfants (des garçons : cinq, huit et douze ans). Sa femme est au chômage depuis trois ans (elle n'a pas retrouvé d'emploi d'interprète après la restructuration de Tate and Tate).

Il a plusieurs emprunts sur le dos, et se trouve à la limite du surendettement (maison, voiture, équipements divers, club de golf, etc.).

Son couple n'a pas l'air de marcher, sans que j'aie pu savoir si l'histoire d'une relation entre sa femme et Valérie Parmin était vraie ou non.

L'hostilité de Dechaume à son égard paraît être sur le point d'aboutir à son licenciement pour faute grave. Ce serait pour lui une catastrophe. Ses chances de retrouver un poste et un salaire équivalents sont très minces. Il ne voit pas d'issue.

151

Il fait porter toute la responsabilité de sa situation à la haine que lui voue Dechaume, et au fait que ce dernier a l'oreille du patron. Il vit dans la hantise permanente des complots que l'on cherche à fomenter contre lui. Il passe son temps à démonter les machinations, réelles ou imaginaires, destinées selon lui à le faire tomber.

Il paraît anxieux, nerveusement épuisé. C'est pourquoi, quand il entend dire qu'il est, lui, et lui seul, responsable de ce qui lui arrive, cela le met « hors de lui ». Il affirme aussi se sentir « capable de faire n'importe quoi » quand il entend « des conneries pareilles ».

## Entre Xavier et Marcel

— Marcel, tu as vu le rapport d'Élodie?
— Évidemment.
— On fait quoi?
— Tu réintègres ce connard. Je le casserai devant tout le monde cet après-midi. Ne t'en fais pas, je m'en occupe.
— À plus.

## Coaching personnalisé
## avec Marcel Staline

Mes amis...

Je pense que je peux vous appeler ainsi, à présent. Nous venons de passer assez de temps ensemble pour nous connaître. En parlant avec chacun d'entre vous, j'ai pu vous aider à découvrir la porte d'entrée, en vous-même, de votre propre existence. Je vous remercie de ce que vous m'avez appris aujourd'hui.

Car le vrai maître est celui qui demeure toujours dans la posture du disciple. Sachez que, si je vous ai transmis quelque chose, comme je l'espère, j'ai aussi beaucoup appris de vous. Voilà pourquoi j'ai la chance de faire un métier incomparable : en aidant les autres, ce sont eux qui m'aident !

Je ne vous remercie donc pas seulement de ce que vous m'avez appris de vous, de vos projets, de vos capacités, de vos secrets parfois. Je vous remercie de ce que vous m'avez appris, à votre tour, de la vie.

Il n'y en a parmi vous qu'un seul qui ne m'a vraiment pas aidé. C'est notre ami, votre collègue Bernard Grand. Hier, comme vous l'avez tous vu, il est sorti de ses gonds, il a refusé de s'accepter, de se prendre en main,

154

de se transformer. Il a injurié et même menacé son coach. Depuis hier il a été soigné, calmé. Il est revenu. Mais nous devons l'aider, tous ensemble, à franchir le pas essentiel de sa nouvelle vie.

C'est pourquoi j'ai demandé que nous soyons tous réunis autour de lui ce soir. Je ne lui en veux pas. Personne n'en veut à Bernard. Nous sommes tous prêts à lui donner un coup de main. Ce qui va se passer maintenant sera utile pour lui, mais aussi utile pour tous.

— Bernard, mets-toi au centre. Tous les autres, faites cercle autour de lui, debout, et donnez-vous la main. Cela aidera l'énergie à circuler. Bernard, es-tu bien dans ta peau?
— Je ne sais pas.
— Qu'est-ce qui te fait hésiter?
— J'ai des problèmes, des problèmes personnels.
— D'où viennent ces problèmes?
— C'est... c'est assez difficile à dire.
— Bernard, nous sommes tous avec toi. Nous sommes de ton côté. Nous sommes entre nous. Tu peux parler. Nous sommes là pour faire la lumière et pour t'aider à changer de vie.
— C'est compliqué...
— Toutes les vies sont compliquées. C'est ce qu'on croit, en tout cas. Et puis on s'aperçoit, en avançant plus, qu'elles sont aussi fort simples. Alors, dis-moi. Qu'est-ce qui bloque? Est-ce ton travail? Ta famille? L'argent? Le sexe?
— C'est tout mélangé... je ne sais pas comment dire... j'ai l'impression de faire de mon mieux. Malgré tout, ça ne

155

marche jamais. Dans mon travail, je fais le maximum, je dépasse souvent les objectifs. Malgré tout, je vois que mes responsables me jugent souvent de façon négative. Parfois, j'ai même l'impression qu'ils m'en veulent. Je ne sais pas pourquoi. Ils veulent sans doute se débarrasser de moi pour mettre quelqu'un d'autre à ma place. Je ne vois pas d'autre explication. Je suis un bon professionnel, mais ils n'ont plus l'air de s'en rendre compte.

Ma femme, c'est pareil. Je veux dire que je suis un bon mari, mais elle aussi n'a plus l'air de s'en rendre compte. Elle me reproche constamment des petites choses sans importance qu'elle ne remarquait même pas autrefois.

– Par exemple? Quelles petites choses?

– Des trucs idiots, vraiment idiots. Je laisse un pull sur le canapé, ou des pantoufles dans la cuisine. Ou bien, quand j'ai pissé, j'oublie de tirer la chasse... Alors elle commence à s'énerver. Et alors... Pourquoi je raconte ça? Pourquoi je vous parle? Qu'est-ce qui me prend? On m'a drogué?

– Vous êtes complètement perdu, Bernard Grand. Vous ne savez plus où vous en êtes. Vous pensez bien faire, et en même temps vous croyez qu'on vous juge mal. Autrement dit, tout ce qui ne va pas dans votre vie serait la faute des autres, uniquement leur faute. Vous, vous êtes irréprochable, vous êtes victime de leur mauvaise humeur, ou de leur incompréhension, ou de leur aveuglement. Vous ne m'avez pas répondu sur l'argent. Vous avez des soucis, de ce côté-là?

– Non... non, pas vraiment.

– Comment expliquez-vous que je voie plusieurs de vos collègues sourire d'un air entendu, ou prendre un air

156

désapprobateur ? Patrick Dechaume, vous souhaitez intervenir ?

— Oui, absolument, parce que tout ce que j'entends dire par Bernard Grand me paraît vraiment n'importe quoi. Il peut toujours dire qu'il n'a aucun souci d'argent. La plupart des collègues qui sont ici savent très bien que c'est exactement le contraire. Je suis depuis plusieurs années responsable de son secteur et je contrôle son travail. Je suis donc bien placé pour témoigner qu'il n'a pas cessé de demander des avances, des prêts d'entreprise, des attestations d'emploi, des augmentations de salaire ou de pourcentage.

Pour ma part, j'ai dû opposer à plusieurs reprises un refus à ces demandes d'augmentation, dans la mesure où rien, absolument rien, ne pouvait les justifier au vu des résultats obtenus ou même des efforts fournis. Bernard Grand a une haute idée de ses capacités, mais il est bien le seul ! Pratiquement aucun de nos clients, ses interlocuteurs directs, n'est satisfait de ses prestations. J'ai même reçu plusieurs plaintes. Si elles se confirment, je serai dans l'obligation de me passer définitivement des services de ce monsieur, qui ne fait pas honneur au groupe !

— Espèce de salaud ! Ordure ! Je t'emmerde ! Je te ferai crever la gueule ouverte !

— Monsieur Grand, je vous demande de vous taire ! Si vous ne cessez pas immédiatement, j'appelle le SAMU !

— Excusez-moi, je me suis laissé emporter... Dechaume fait tout pour me virer, alors que mon travail est excellent ! S'il me met à la porte, je n'ai plus qu'à me foutre en l'air ! J'ai trop de dettes, trop de charges, trop

157

de choses à rembourser. Je ne pourrai pas faire face. Jamais je ne pourrai remonter la pente.

– Et ce n'est pas en tapant les collègues sans jamais les rembourser que ça s'arrangera! Excuse-moi d'intervenir, mais je trouve quand même un peu fort que ce monsieur ait su me supplier de lui sauver la vie, à un moment où je venais de faire un petit héritage, et que depuis trois ans il oublie systématiquement de me rembourser!

– Merci de cette information, madame Roger. Vous voyez, Bernard, tout ne va pas si bien que ça! Mais la faute à qui? À pas de chance? Aux banquiers? Au destin? Au méchant Dechaume? Non, Bernard Grand, cessez de regarder ailleurs. Voyez les choses en face : cette situation, c'est vous qui l'avez fabriquée! Vous avez choisi de vous persécuter, de vous rendre malheureux, de tout voir en noir. Il dépend de vous, et de vous seul, de mettre un terme à ce mauvais monde et d'en créer un radieux!

– Vous croyez que c'est si simple? Vous croyez qu'il suffit de claquer des doigts, et la vie devient différente?

– Oui, je crois en effet qu'il peut en être ainsi, si vous cessez de vouloir échouer, si vous arrêtez de croire que tout le monde vous en veut. Si vous transformez votre regard, si vous utilisez tout le potentiel immense qui est en vous au lieu de le paralyser, alors je suis certain que vos chefs vous trouveront méconnaissable, vos clients vous appelleront du matin au soir, vos affaires seront florissantes, votre femme épanouie, vos enfants heureux... Et d'ailleurs... pardon, mademoiselle Parmin, vous voulez dire quelque chose?

– Oui, je réagis à ce que vous venez d'affirmer, à propos de la « femme épanouie ». Quand une femme n'est pas satisfaite, ce n'est pas seulement, du côté de l'homme, une affaire de volonté, si vous voyez ce que je veux dire. Si ça marche pas, ça marche pas. Je disais ça, parce que entre femmes on se parle, évidemment, enfin, je veux dire, on se parle sans mentir, si vous voyez ce que je veux dire.

— Eh bien, je dirai, en raison de mon expérience de coach, que cela aussi se décide, finalement! Ne pensez pas que je dis des absurdités. Bien sûr, personne ne peut décider d'avoir une érection. Mais on peut toujours, comme mon séminaire n'a pas cessé de vous le montrer, se contrôler soi-même, et donc contrôler le monde.

— Excusez-moi, monsieur Staline, mais je dois vous dire que ce sont des conneries, toutes ces histoires... Des conneries, oui! Vous croyez que vous connaissez ma vie mieux que moi? Vous pensez que vous y voyez plus clair que moi dans ma propre tête? Dans ma situation personnelle? Dans ma famille?

— Oui, monsieur Grand, c'est exact. J'y vois plus clair que vous. C'est bien pour cela que je peux vous guider. Si vous le refusez, c'est que vous souhaitez continuer à organiser votre malheur.

— Mais pas du tout! Je préférerais disparaître que de voir mes gosses malheureux, obligés de se priver, incapables de comprendre pourquoi il faut déménager ou ne plus partir en vacances.

— Décidément, vous faites tout ce que vous pouvez pour ne pas entendre. Je vous répète que cette révolution personnelle est en votre pouvoir. On dirait que vous rêvez de vous supprimer pour montrer que vous avez raison de penser que le monde est mauvais. Votre suicide permettrait de confirmer que toutes ces misères qui vous accablent ne sont pas votre faute. On verrait bien que vous ne parvenez pas à les maîtriser. Oui, ce serait la solution idéale. Disparition de soi, disparition du monde.

Cette fois, il me semble que nous sommes arrivés au bout. Voilà Bernard : ou bien tu changes radicalement, et tu gagnes la partie pour toujours, en faisant perdre cette part de toi qui veut absolument souffrir. Ou bien tu veux remporter la victoire du malheur et de la destruction, et tu te suicides.

Chers amis, je vous remercie pour votre aide. Je pense que nous avons grandement aidé notre ami Bernard. À présent, grâce à ce séminaire, vous aussi vous êtes des thérapeutes ! Vous voyez comment aider les autres et comment vous aider vous-mêmes. Il faut parfois, pour aider vraiment, brutaliser un peu. Cela fait partie du jeu.

# Une voiture percute un arbre, le conducteur meurt peu après

Dimanche soir, sur la route nationale, peu avant minuit, un conducteur a perdu le contrôle de son véhicule et a percuté violemment un platane. L'homme était seul à bord. Il est mort pendant son transfert à l'hôpital. La route était déserte à cet endroit. La gendarmerie ne connaît pas encore les causes de l'accident. Il pourrait s'agir d'une défaillance technique, ou d'un malaise du conducteur.

## Entre Marcel et Timothée

– Allô? Allô? Tu m'entends? C'est Marcel! Oui, c'est moi... La liaison est très mauvaise. Tu es encore dans le village olympique? Quoi? Comment? Déjà dans l'autocar... d'accord, bon, voilà ce que je veux te dire, pour tout à l'heure : tu n'oublies pas, TOUT ÇA EST DRÔLE! LE DERNIER VIRAGE EST IRRÉSISTIBLEMENT DRÔLE! LA LIGNE DROITE EST À MOURIR DE RIRE! ET TU TE MARRES! TU TE MARRES COMME AVEC SOPHIE! Tu vois comment ça a bien fonctionné tous ces temps-ci. Allô? Allô?... Oui, je t'embrasse, ET JE TE DIS MERDE!

# Entre Marcel et Xavier

– Tu as entendu ? J'ai vérifié : Bernard Grand s'est foutu en l'air.

– Quel con ! C'était vraiment un fouteur de merde. Bon. Tu veux que je fasse quoi ?

– Il ne faut surtout pas que cette histoire nous pète à la gueule. Tu me trouves dans les deux heures tous les leviers possibles. Il faut d'abord que la gendarmerie conclue à un accident et classe le dossier sans suite. Après, il faut que sa compagnie d'assurances raque. Il avait sûrement un ou plusieurs contrats. C'est obligatoire, chez Hoffmann, quand ils partent souvent en mission à l'étranger. Tu trouves les compagnies et les montants, et tu cherches par qui on peut passer pour qu'ils paient. Tu me suis bien ? Si on a un suicide sur les bras, avec veuve et orphelins en procès, on est très mal. Si personne ne peut rien prouver et qu'ils touchent un paquet, ils s'écrasent, et on étouffe ce truc. L'objectif, c'est que la compagnie lâche le fric sans farfouiller dans le dossier.

– C'est pas évident... Un type tout seul dans une bonne voiture, sur une route déserte, qui se prend un platane dans le front, ça va les motiver pour regarder de près.

– C'est justement ça qu'il faut éviter. Dès que tu as les données, tu me fais une liste de toutes les connexions possibles, et je vois sur qui on peut agir. À tout à l'heure. Attends... Vérifie s'il a parlé dans l'ambulance. Discrètement, surtout...

– Tu me prends pour qui ? *Ciao.*

163

# Entre Xavier et Marianne
## tard le soir, au lit

— Dis-moi... tu en as pas un peu marre?

— De quoi?

— Mais de toute cette merde! Tous ces mensonges, ces manipulations, ces trafics, toutes ces saloperies dans l'ombre! Je n'arrive pas à comprendre comment tu peux arriver à tenir dans une ambiance pareille. Surtout toi! Tu es beaucoup plus sensible, beaucoup plus fin que tout ça!

— Comment tu sais ça? Pourquoi ne serais-je pas un salaud, juste une crapule?

— Arrête tes conneries! Tu t'es regardé? Avec tes boucles, ta gueule d'ange, tu crois que je te prendrais au sérieux, en dur de dur? Tu me fais de la peine, Xavier! Une fois de plus, tu sous-estimes les femmes. Elles savent ces trucs-là au quart de seconde...

— C'est quoi, ces trucs-là?

— Ça, c'est encore bien une question de mec! Faux durs, vrais durs, demi-durs... Les filles savent ça tout de suite. Pareil pour les vrais tendres, les faux mous, les lâcheurs. Si elles ont pas été cassées, les filles voient ces trucs d'un coup. Ça se calcule même pas. C'est comme ça, direct. Comme le nez dans la figure. Toi, je t'assure, y a pas de longues études à faire pour voir que tu es un caïd de comédie. Tu fais tout pour jouer les insensibles, mais alors, excuse-moi, ça sonne faux!

— Mouais... Je t'avoue que je crois pas trop à ces grandes intuitions. Quand il y a des affaires à faire, j'essaie de faire de mon mieux. Et c'est tout. Question d'efficacité. Ça n'a rien à voir avec les sentiments.

— Mais arrête... Tu me feras pas croire que tu as jamais pitié. Tous ces pauvres ploucs qui espèrent se faire aider, ces malheureuses pouffes qui cherchent à être heureuses, vous les balancez n'importe où, Marcel et toi, comme si c'étaient des vieilles chaussettes. Tout ce qui compte, c'est le chèque...

— Mais non... on prend aussi les cartes de crédit, les espèces, même les *traveller's*...

— Pas drôle. N'essaie pas de fuir tout le temps. Tu sais bien que c'est inhumain. Tu ne peux pas transformer les gens en marchandises.

— Il n'en est pas question!

— Qu'est-ce que tu vas encore inventer?

— Très simple : une marchandise n'envoie pas ses copines. Nous, on veut que nos clientes soient aussi des rabatteuses.

— Sors de ça, je t'en prie, c'est trop nul! Il y a tellement de choses possibles entre les humains. Et tellement de choses faites pour toi.

— Écoute, petite, il y a deux ans, j'aurais peut-être fait attention à ce que tu essaies de me vendre. Aujourd'hui, c'est fini. Il y a trop de trucs à gérer, je suis jusqu'au cou dans les trafics de Marcel, et même dans quelques-uns qu'il ne connaît pas. Je me fais un maximum d'argent. C'est tout ce qui m'intéresse.

— T'es con! Pourtant je suis sûre que t'es pas si con...

— La vie est pleine de mystères!

## Lettre de Bernard Grand
## à sa femme

Corinne,

Mes dernières pensées seront pour les deux grands, le petit dragon, et aussi toi, malgré tout ce qui nous a séparés ces dernières années. Je ne verrai pas grandir les enfants, mais je suis certain que tu t'occuperas d'eux comme il faut.

Décidément, j'ai tout raté : notre histoire, la maison, les banques, la vie. Je n'ai pas su te garder et te rendre heureuse.

J'espère au moins ne pas louper ce départ...

Pour des raisons que tu comprendras, il faudra détruire ce mot aussitôt après lecture.

Ce sera un accident. Pour les petits aussi, j'y tiens.

Bernard

# Journal de Marianne

Cette fois, ça y est, j'arrive à le déstabiliser vraiment, cette espèce de faux dur. C'est fou ce qu'ils sont fragiles, ces mecs qui ont l'air de tout casser. Dès qu'on trouve la corde sensible, ils commencent à craquer.

Il suffit de le faire pleurnicher. Aussitôt, il ne sait plus où il habite! Encore quelques coups, et je parie que l'ange fatal va imploser comme une vieille télé.

Après, je m'occuperai de Staline. Ça, c'est du sérieux, salement plus coriace que le pauvre grand stratège bidon. Ce n'est pas un hasard s'il m'a tapé dans l'œil à la première seconde. Il est pas croyable, ce keum! L'Arsène Lupin du coaching, le Bill Gates de la gouroutrie. Ah! Rien que d'y penser, ça m'excite...

## Entre Corinne Grand et Xavier Bias

— Allô, je parle bien à monsieur Staline en personne?

— Non, vous êtes en communication avec Xavier Bias. Je suis son associé. Marcel Staline est actuellement en consultation. Mais je suis au courant de toutes ses affaires. Vous êtes bien madame Grand?

— Oui, exactement.

— Permettez-moi de vous présenter nos condoléances les plus sincères. J'ai passé une grande partie du stage avec votre mari, et nous avions vivement sympathisé. Cet accident est terrible et...

— Ce n'est pas un accident, monsieur.

— Que voulez-vous dire? Vous pensez qu'il aurait pu être assassiné?

— Pas du tout, monsieur. Il s'agit d'un suicide. J'ai sous les yeux une lettre de mon mari, que j'ai reçue au courrier de ce matin. Elle a été postée avant son « accident », comme vous dites, après la fin de votre séminaire. Elle prouve de manière indubitable qu'il avait, à ce moment, formé le projet de mettre fin à ses jours.

— Mon Dieu! Quelle terrible nouvelle... Avez-vous déjà songé qu'il ne faut pas que cette information s'ébruite, pour que les assurances vous versent les primes?

— Bernard y avait pensé. Il en parle dans sa lettre. Le séminaire a été très dur pour Bernard, vous le savez. Il y a des témoins. Ce serait gênant que je rende cette lettre publique.

– Eh bien... imaginons que nous souhaitions vous rendre service. Qu'est-ce qui garantit que vous ne conserverez pas une copie de cette lettre, et qu'un jour vous ne chercherez pas à nous nuire?

– Ce n'est pas mon genre!

– Cela n'est pas une garantie. Voici ce que je vous suggère : premièrement, vous m'adresserez une photo de vous avec, dans une main, aisément reconnaissable, la lettre de votre mari, et, dans l'autre, le journal du jour. Deuxièmement, vous me faites parvenir l'original de la lettre. Troisièmement, vous joignez ce témoignage écrit et signé : « Je soussignée Laure Grand, née à..., le..., demeurant à..., veuve de Bernard Grand, certifie que mon mari m'a téléphoné, radieux, à la fin de son stage à l'institut Marcel Staline. Il m'a dit qu'après quelques moments difficiles il s'était passé pour lui, à la fin de ce séminaire, un changement important et positif. " Je te raconterai ça cette nuit, ce Staline est un génie. " Tels furent ses derniers mots. » Voilà. Je pense que ces trois points nous garantissent pour les différents cas de figure possibles. Dès que j'ai reçu ces documents, j'interviens auprès des assurances.

– Qu'est-ce qui me prouve que vous interviendrez, et que vous n'allez pas agir contre moi?

– Objectivement, rien. Mais réfléchissez : nous n'avons aucun intérêt à mettre en œuvre une action qui se retournerait inéluctablement contre nous.

– C'est cela que Marcel Staline appelle « l'équilibre de la dissuasion »?

– Oui, en quelque sorte. Mes hommages, madame.

169

# Vertige de l'amour

« Là-dessus, ils levèrent une riche Macédonienne,
défraîchie, mais qui prétendait encore inspirer
des désirs. »

Lucien,
*Alexandre ou le Faux Prophète*,
6, 11-13.

## Posez vos questions sur le sexe en direct
## Marcel Staline vous répond !

« J'ai 14 ans, j'ai très envie de faire l'amour, mais j'ai aussi très peur parce que ça sera la première fois, et j'ai peur de pas savoir ou de pas y arriver. »

Jérôme, Brest

Cher Jérôme,
Ne t'inquiète pas. Il n'y a rien de spécial à savoir, rien à préparer. Rien à réviser ! Ce n'est pas un examen. Laisse-toi aller, fais confiance à ton instinct. Ton corps saura te guider. Il y a des milliers d'années que ça marche ! Dis-toi que si tes ancêtres avaient renoncé, tu ne serais pas là ! Dis-toi surtout cette chose très simple : il n'y a pas de première fois ! Tu t'es déjà branlé. Tu sais te servir de ta queue, et faire gicler ton foutre. Et tout le monde avant toi et après toi l'a su et le saura, dans les siècles des siècles.

Marcel

« Voilà, j'ai 32 ans, et depuis déjà plusieurs années je me sens attiré par les femmes très âgées. Attention ! je ne parle pas des femmes mûres, encore bien conservées, que la plupart des hommes ont généralement envie de

173

baiser. Je veux parler des vraies vieilles, très vieilles, édentées, maigres, celles qui marchent difficilement et qui ont les doigts noueux. Je rêve de les mettre. Mais je n'ose pas, je ne sais pas comment m'y prendre. Est-ce normal ? »

Jacques-Alain, Paris

Cher Jacques-Alain,
Il y a longtemps que j'ai renoncé à savoir ce qui est normal et ce qui ne l'est pas dans le domaine du sexe. En fait, cette distinction n'a pas de signification. À partir de quand, de quoi n'est-ce plus normal ? Quand on se branle au lieu de baiser ? Quand on suce ? Quand on encule ? Quand la différence d'âge est de vingt ans ? Plus de trente ? Tout ça est insensé, et toujours arbitraire.

Ma position, c'est toujours de dire qu'il n'y a pas de règle. Chacun doit faire comme il veut, comme il sent, et trouver les partenaires qui lui correspondent.

Les très vieilles dames sont comme les jeunes. Il y en a certaines qui n'ont pas envie, et un grand nombre qui n'attendent que de se faire mettre. Fréquente les hospices, les maisons de retraite, les sacristies. Inscris-toi dans plusieurs associations caritatives. Et n'hésite pas à faire comprendre ce que tu proposes ! Ça m'étonnerait vraiment que tu ne reçoives pas de réponse.

Marcel

« Mon grand Marcel, j'ai suivi ces derniers mois tous les conseils de cul que tu donnes dans tes leçons et sur ton site. Je te remercie du fond du cul, si je peux dire, car grâce à tout ça j'ai pas arrêté de jouir comme une bête. Mais là, j'ai un problème. En fait, on est une vingtaine à avoir ce problème. C'est-à-dire qu'on est devenus un petit groupe dans la région. On se fait des soirées chez les uns ou les autres. Et que je te tringle, et que je te baise, et que je t'encule de tous les côtés... Mais depuis la semaine dernière on a tous le cul qui brûle, ou la chatte enflammée, ou le gland qui démange. Au secours, Marcel ! »

Laurence, Amiens

Évidemment, il faut vous soigner. Et vite. Et tous ensemble (et tous vos partenaires aussi). Comme ça fait du monde, je vous conseille de vous réunir comme pour une soirée et de faire venir un médecin. Prévenez-le à l'avance. Il devrait vous faire un prix. La pharmacienne aussi. Dès que vous serez tous guéris, faites une soirée pour fêter ça !

Marcel

« Bonjour Marcel Staline !
Laissez-moi vous dire que je suis très heureux de cette occasion de parler avec vous, car je vous admire énormément. J'espère que vous pourrez me conseiller, parce que je ne sais plus comment agir, et ma vie est en train de devenir de plus en plus bloquée. Voilà ce qui m'arrive : pendant que je fais l'amour à ma copine, je me

sens devenir de plus en plus violent. J'ai envie de la tuer. Je rêve que je l'étrangle ou que je la trucide au couteau. Parfois, il m'arrive même d'imaginer que je lui ouvre le ventre à la machette et que je sors les tripes. Cette idée m'excite terriblement, et je n'arrête pas d'y penser. J'ai peur de finir par devenir un criminel. Que me conseillez-vous ? »

Olivier, Londres

Ce que vous oubliez, Olivier, c'est la différence entre le fantasme et la réalité. Ils se situent dans deux étages très différents qui ne communiquent pas directement, sauf cas de folie. Allez, soyez sans crainte. Continuez à découper votre amie tant que vous voudrez dans votre tête, et vous continuerez à lui faire de gros câlins dans le cou en réalité. Il n'y a aucun risque que vous deveniez un criminel.

M. S.

## Méthode totale et sexe total

*Marcel Staline vous accueille*

Mes amis et amies,

Si vous participez à ce séminaire, c'est que vous avez compris qu'il n'y a rien de plus important que le sexe. C'est le pivot, l'axe central de toute l'existence. Tout tourne autour. Tout en dépend : force ou faiblesse, bonheur ou malheur, angoisse ou sérénité. Ce n'est pas une question de plaisir, de jouissance momentanée. Ce n'est pas un accessoire de l'existence. C'est la vie. La vie même, tout entière ! Elle est là, et nulle part ailleurs.

Vous le pensez sans doute, mais vous ne savez pas vraiment ce que signifie « vivre son sexe ». Ce n'est pas synonyme de « vivre son corps ». Le sexe relève du domaine de la chair, et non simplement de celui du corps. Le corps est, pour l'essentiel, mécanique. Automatique. Il marche tout seul. Respire, digère, dort, sue, métabolise, filtre, trie, synthétise, stocke, élimine. Tout seul, machinalement. Sans y penser, sans que vous le sachiez.

Le sexe, c'est la chair. C'est-à-dire du corps gonflé de désir, traversé, transformé, magnifié. Du corps sublime même dans l'ordure, divin jusque dans la fange,

177

parce que habité, volontaire, désirant, affolé, hors de soi. Et cela est sans limites.

Le corps a toujours quelque chose d'étriqué. Le sexe est inépuisable, sans fin, sans fond. Si toutefois vous parvenez à le vivre réellement, et pas en faisant semblant, de manière étriquée, partielle. L'immense majorité des gens vivent environ 10 % des capacités de leur sexe. Et ils n'ont même pas l'idée de ce qu'ils pourraient ressentir si leur champ d'expérience était entièrement exploité.

Pour y parvenir, la première règle est d'abandonner toute forme de réserve. En finir avec la moindre retenue. Ce n'est pas commode. Il faut parfois tâtonner, échouer, recommencer. Souvent persiste une pudeur, un retrait. Parfois une répulsion, un dégoût. Il n'est possible de se lâcher totalement que si plus rien n'est ressenti comme répugnant. Le répugnant peut même devenir ce qui motive, ce qu'on explore avec fébrilité, ce qu'on cherche comme une victoire et une fierté.

Il n'y a pas de sexe poli, bien élevé. Il n'y a pas de sexe propre, hygiénique. Il n'y a pas non plus de sexe normal et toléré. Bien sûr, tout cela peut se rencontrer. Codifié, aseptisé, réglementé. Je sais bien que cela existe. Nous le savons tous. J'affirme que ce sexe limité, canalisé, n'est qu'un artifice, un semblant. Une pauvre comédie. Un masque lamentable. Une imposture.

Cette imposture s'est d'ailleurs installée dans le vocabulaire. Les mots eux-mêmes font semblant. Cessons de parler de « sexe », alors qu'il s'agit de cul ! N'hésitons pas ! Laissons le pénis et le vagin aux médecins et aux hypocrites. Préférons la queue et le con. Du foutre, pas du sperme! Ne croyez pas que ces nuances sont sans importance. La question des mots est cruciale. Ce n'est pas une affaire de choix entre des termes qui, plus ou moins salaces, plus ou moins corsés, seraient en fait synonymes. Ce sont des mondes distincts. Celui du « sexe » reste abstrait. Celui du « cul » existe réellement.

Arrêtez donc d'imaginer qu'il y a du sale et du propre, du possible et de l'impossible. Il n'existe qu'un seul univers charnel, acharné, insatiable, violent. Toutes les fioritures et les contorsions mentales qui prétendent séparer érotisme et pornographie sont de lamentables artifices. Au lieu de tomber dans ces illusions, pensez constamment à cette puissante formule : « L'amour est-il sale? Toujours quand il est bien fait. »

Souvenez-vous aussi que le vrai sexe est sans limites. Vous n'en verrez jamais le terme. Il est toujours au-delà, toujours orienté vers la suite, la fois prochaine. Sans commencement ni fin. Interminable, incessant. Vous pouvez bien faire une pause, observer un temps d'arrêt. Vous pouvez souffler. Le sexe, lui, ne s'arrête pas. Il ne se termine jamais. Il était actif avant que vous n'ayez conscience, avant que vous n'apparaissiez. Il sera toujours actif bien après que vous aurez disparu.

Le sexe est éternel, au double sens où il dure toujours et où il est étranger au temps. Avez-vous remarqué? Vous perdez toute notion du temps dès que vous êtes immergé dans une forme d'univers sexuel. Peu importe, donc, les apparences dérisoires, obscènes, veules, ou bestiales, ou bizarres, ou risibles des organes, des postures et des situations.

179

Il faut apprendre à surmonter tout cela. Prenez pour règle d'aller systématiquement toujours plus loin que vous ne pensez pouvoir aller. Vous devrez sans cesse franchir ce que vous pensez être vos limites. Vous aurez à outrepasser, perpétuellement, les normes que vous vous êtes fixées. Vous devrez transgresser, encore et encore, vos propres lois. Votre accomplissement est impossible autrement. Vous mettrez certainement du temps à le comprendre. Vous aurez même, sans doute, du mal à l'accepter. À un moment ou à un autre, vous souffrirez probablement. Tout cela appartient au parcours.

L'essentiel est d'aller toujours plus loin. Toujours défaire les codes.

La tâche est sans fin, car ils se reconstituent. Prenez par exemple le porno. La plupart du temps, je le recommande. Quand on vient de l'univers du sexe honteux et caché, ce qui est le cas de pratiquement nous tous, le porno à haute dose est une bonne école. D'autant qu'il est devenu, au fil des ans, de plus en plus dur et divers. Mais il ne faut pas s'y enfermer. Car à son tour le porno est saturé de règles et de normes. Il se plie à des séries de conventions et de contraintes qu'il semble difficile d'outrepasser.

La question ultime est de parvenir à vivre *son* sexe. Pas simplement du sexe, orgiaque ou primesautier, solitaire ou grégaire. Son sexe à soi. Celui qui vous correspond, qui incarne ou prolonge votre relation la plus fondamentale à la vie. Là aussi, ce n'est pas immédiat. Il faut tâtonner. Une identité peut en cacher une autre.

Seul un coach doté d'une grande expérience peut vous guider dans cette recherche vitale. C'est là, plus que partout ailleurs, que le coach se révèle indispensable. Parce que le sexe est le domaine par excellence de la relation, le lieu d'articulation de cotre corps et du corps des autres, de votre désir et du désir des autres, vous ne pouvez y voir clair tout seul. Livré à vous-même, vous verrez votre jugement déformé, vous serez dans l'illusion. Vous risqueriez d'errer indéfiniment. Ou pire : de vous bloquer dans une impasse.

Ce qu'il faut pour réussir cette aventure décisive, c'est un coach d'exception. Ceux qui ne sont pas eux-mêmes déjà parvenus à vive leur sexe seront incapables de vous guider. Ils feront semblant. Ils vous transformeront en objet de leurs propres fantasmes, en moyen de leur itinéraire. Ils vous bloqueront dans de nouvelles limites, conformes à leur désir ou à leur incapacité.

Je vous propose, au contraire, de vous affranchir définitivement de toute limite. Grâce à la méthode totale, vous parviendrez à vivre votre sexe intégralement, intensément. Sans entrave et sans temps mort.

# Entre Marcel et Xavier

— Alors, le dossier Grand?

— En bonne voie. L'assurance va payer. Ça n'a pas été sans mal. Il a fallu faire intervenir Delachambre. Heureusement qu'on venait de caser la fille. Il n'a pas traîné. La Dodge, la préfecture de police, le ministre de l'Intérieur, c'était fait dans la journée. Remarque, moi, je serai tranquille seulement quand ils auront fait le chèque.

— Tu vois un risque que ça dérape?

— Non, aucun, apparemment. Mais on ne sait jamais.

— Tu deviens parano!

— Je ne crois pas. Peut-être que je fatigue un peu. J'arrête pas de penser à ce pauvre type.

— Qui ça?

— Ce pauvre Bernard Grand. Il n'avait rien fait pour mériter ça.

— Total *looser*... t'as bien vu, non?

— Et alors? C'est une raison pour mourir? Les *loosers*, ils n'ont pas le droit de vivre?

— Oh là! Mais c'est qu'il nous fait une poussée de moralite, ce grand garçon... Saloperie, la moralite. Ça irrite la conscience. Ça fait bourgeonner les remords. Je croyais pourtant que tu t'étais fait opérer. Tu ne m'avais pas dit qu'on t'avait tout enlevé? Scrupules, principes, tout? C'est quoi, cette rechute?

— Ta gueule. Tu es même pas drôle...

— Regarde-moi un peu... Toi, tu te fais refiler des bacilles d'éthique par ta copine! Je parierais n'importe quoi que chaque fois que tu la tringles tu chopes des vertus comme des morpions.

— Tu es vraiment un dégueulasse !

— Tu vois bien que tu couves quelque chose. Quand tu es en bonne santé, cette phrase-là, c'est un compliment. Là, je suis sûr que ça ressemble à un reproche. Tu veux que je t'envoie Sandra ? Tu sais, la ronde que j'ai mise chez Bléfoie le mois dernier. Il dit qu'elle est très bien.

— Non, j'ai pas envie.

— Ouh là ! Mais alors... Te voilà dans les grandes amours ! Si c'est ça, on est mal barré.

— Ça ne te regarde pas. Ce sont mes affaires.

— Pas du tout ! Je suis désolé, mais ce sont NOS affaires. N'oublie pas le nombre de trucs que nous avons en commun. Pense à tout ce qui pourrait exploser en cas de fuite ! Aujourd'hui, il y a de quoi faire sauter la moitié de Paris ! Je refuse de courir ce genre de risque. Tu me vires cette fille tout de suite. Tu en auras quatre ce soir chez toi, vraiment bonnes.

— Arrête. Je t'ai déjà dit non. Il n'est pas question que je quitte Marianne.

— Mais bien sûr que si. Et très, très vite !

— Dernière fois : pas question.

— Je te donne quarante-huit heures pour réfléchir. Penses-y bien. Regarde toutes les conséquences. Si jamais tu m'obligeais à te faire la guerre, ça deviendrait très sale.

— Tu me dégoûtes. Salut !

183

# Finale du 400 m

« Nous reprenons immédiatement l'antenne en direct des JO, car dans quelques secondes le départ sera donné pour la finale du 400 m. Comme vous le savez, le grand favori pour cette finale n'est autre que Timothée, Timothée Boissec, le coureur qui s'envole à la fin de la course ! Timothée est au deuxième couloir, entre l'Américain Davidson qui tiendra la corde et le Brésilien Arturo Aguilera Sanchez dont personne n'attendait la présence en finale. On remarque aussi, aux couloirs 4 et 5 respectivement, Mohammed Barzawi, qui pourrait créer la surprise en cas de contre-performance de Boissec, et l'Italien Angelo Tortoni, médaille de bronze aux derniers Jeux. Enfin, tout à fait à l'extérieur, le Hongrois Alexandre Ksoma, qui semble tout surpris de se retrouver en finale !

Comme vous le voyez, les coureurs se mettent en place, ils sont tous dans les starting-blocks, Boissec est connu pour ses départs foudroyants, mais Davidson est également remarquable dans le premier élan. Attention... Espérons qu'il n'y aura pas de faux départ, comme c'est souvent le cas, ce qui est toujours éprouvant pour les nerfs des coureurs, en particulier pour Timothée dont on connaît les difficultés de concentration, qui semblent

184

s'être nettement transformées depuis qu'il suit une préparation mentale particulière avec un coach très connu.

Ça y est! EXCELLENT DÉPART de Timothée, Timothée Boissec est largement en tête alors que les coureurs abordent déjà la première ligne droite, il conserve son avance malgré les efforts terribles de Davidson, Tortoni remonte, Tortoni est maintenant au coude à coude avec Davidson, quelle belle course, c'est fantastique, un rythme d'enfer, mais Boissec conserve son avance, Ksoma, Sanchez et Barzawi sont déjà hors course, il semble que le titre ne devrait plus échapper à Timothée Boissec! Boissec a au moins dix mètres d'avance, attention, le voilà qui aborde bientôt le dernier virage, celui qu'il craignait tant autrefois, il a pris maintenant l'habitude de s'envoler...

MON DIEU QUE SE PASSE-T-IL? Vous le voyez, c'est incroyable, Timothée Boissec a quitté son couloir, il est sorti de la piste avant la dernière ligne droite, Davidson revient en force, Tortoni s'accroche... Tortoni médaille d'or. Davidson en argent, et le bronze à Ksoma, oui le Hongrois Ksoma qui a fait une très belle fin de course.

Les caméras sont sur Timothée Boissec, il est plié en deux, il se tient les côtes, un rictus déforme son visage, les brancardiers arrivent, il les repousse, on dirait qu'il ne souffre pas vraiment, non... non... c'est incroyable... IL RIT! Vous le voyez, Timothée Boissec est secoué d'un énorme fou rire, il semble avoir perdu tous ses moyens, c'est incroyable... pour la première fois dans l'histoire des Jeux olympiques un favori perd toutes ses chances à cause d'une crise de rire, à quelques secondes de la ligne d'arrivée!

On me dit que nous devons rendre l'antenne, la finale du saut à la perche vient de commencer. Vous venez d'assister à un événement unique! La défaite la plus incroyable de l'histoire du sport, je n'hésite pas à le dire!»

# La philosophie rend heureux

« Un de ces hommes dont la pensée si dure résiste à de
telles manœuvres. »

Lucien,
*Alexandre ou le Faux Prophète*,
17, 11.

*Présents : Marcel Staline, Xavier Bias,*
*Élodie Delachambre, Denis Cosse-Mathion*

# Ordre du jour :
## Méthode totale et philosophie
## Réflexion stratégique

Bonjour, j'ai demandé la réunion de ce comité d'organisation pour vous faire part de nos réflexions, à Xavier Bias et à moi, sur une réorientation de notre stratégie de communication. Cette réorganisation tendra à orienter désormais la présentation de la méthode totale en relation avec la philosophie. Je vais expliquer dans un instant les raisons de cette proposition. Parce qu'elle concerne la philosophie, j'ai demandé à Denis Cosse-Mathion de nous rejoindre. Normalien, agrégé de philosophie, responsable aux Presses universitaires nationales de la collection « De la philo à la folie », il a déjà été plusieurs fois notre consultant pour des questions de ce genre. Élodie Delachambre, nouvelle recrue du service communications, sera chargée de la mise en forme de cette campagne.

Voilà ce qui a motivé notre réflexion : la méthode totale est à présent connue dans le monde entier. Elle a réalisé en peu de temps des progrès considérables, mais

elle manque d'unité. Il s'agit donc à présent de parache-
ver et de stabiliser l'expansion du Centre. Nous devons
transformer l'immense succès de la méthode totale en un
résultat fixe, inaltérable. Il s'agit de nous donner les
moyens de dominer le marché du coaching définitivement. Il nous semble, à Xavier comme à moi, que la philosophie peut remplir ce rôle.

Car finalement, la vraie méthode totale, la seule,
l'unique, c'est elle ! C'est la philosophie. Elle se tient à la
racine de toutes les méthodes possibles, elle arbitre le par-
tage du vrai et du faux.

Votre mission va donc consister à réduire l'écart
entre deux images : celle du bonheur et celle de la philosophie. Actuellement, ces images ne coïncident pas. Elles
s'opposent même, dans l'esprit de la plupart des gens. Le
bonheur est lié à la simplicité, à un certain état de détente
continue. La philosophie, au contraire, est généralement
associée à la complexité, à un esprit intensément actif. La
philosophie semble impliquer une contention mentale
qui ne saurait durer et qui, de toute manière, ne saurait
rendre heureux.

Nous devons défaire ces représentations. Nous
montrerons que la philosophie n'est ni si compliquée ni
si pénible qu'on le pense. Nous insisterons sur le fait
qu'elle a bien plus de liens, directs et profonds, avec la vie
quotidienne qu'on ne le dit. Nous critiquerons la philosophie des temps modernes, des professionnels et des
professeurs, qui est devenue une discipline presque exclu-
sivement théorique. Nous expliquerons qu'elle s'est enga-
gée dans des recherches et des discussions extrêmement

spécialisées, aussi inaccessibles au commun des mortels que les travaux des astrophysiciens ou des neurobiologistes, avec son vocabulaire spécialisé, ses experts, ses revues et ses centres de recherche. La masse des travaux qu'ils produisent ne fait pas, et ne fera jamais, avancer d'un pouce le bonheur de l'humanité.

Tout autre est la philosophie que nous allons promouvoir. Tout autre son but, tout autre son efficacité. Cette philosophie n'a qu'un souci, un objectif, une raison d'être : modifier l'existence. Elle vise à transformer radicalement le rapport d'un être humain à sa propre vie, à lui faire opérer une conversion sans retour qui le mettra sur le chemin d'un bonheur inaltérable. Elle constituera désormais le fondement et le couronnement de la méthode totale.

Vous montrerez que cette philosophie est celle que pratiquaient les Anciens. Les penseurs de l'Antiquité, chez les Grecs et les Romains, n'avaient comme projet que de transformer leurs pensées pour mener une vie heureuse. Cette intention majeure, jamais anéantie totalement chez les Modernes, était passée au second plan. Elle s'était estompée, effacée parfois.

Nous allons désormais répéter constamment que la méthode totale revient à cette source première. Les penseurs de la Grèce antique faisaient du développement personnel sans le savoir! Ils avaient compris, bien avant nous, que l'on mène la vie qu'on pense. Ils avaient discerné que notre existence tout entière dépend de nos idées, de nos jugements, de nos conceptions. Ils avaient saisi, il y a déjà vingt-cinq siècles, que changer d'idées, c'était changer de vie. Autre regard, autre existence. Ils savaient déjà que notre bonheur se joue dans notre tête avant de se réaliser dans le monde.

Que disent-ils tous? Que le bonheur dépend de nous. Qu'il découle de ce que nous pensons, et non des circonstances extérieures. Ce point est commun, je ne crois pas me tromper, à toutes les écoles philosophiques de l'Antiquité. Sans doute divergent-elles sur les moyens et les méthodes. Ce que conseillent les stoïciens n'est pas ce que préconise Épicure, les cyniques ne voient pas les choses exactement comme les sceptiques. Mais cela, finalement, est secondaire. En effet, ce qui les réunit tous, sans exception, c'est la même conception du bonheur du sage.

Ce bonheur est celui de la méthode totale : arrivé au bout du chemin, celui qui est parvenu à la sagesse, à la compréhension de lui-même et du monde, de ses motivations personnelles et de celles des autres, ainsi que des principes de l'existence, celui-là est heureux. Plus aucun malheur ne l'affecte, plus aucune souffrance ne l'entame.

Bien sûr, il peut éprouver du chagrin. Il n'est pas devenu insensible. Le sage peut être triste, éprouver des douleurs physiques aussi bien que des deuils et des peines, il peut bien aussi s'émouvoir ou s'émerveiller, mais en même temps, tout cela *ne l'atteint pas*. Le cœur, l'essentiel, l'essentiel, le noyau est désormais devenu inaccessible aux fluctuations de son existence. Le sage peut toujours être affecté « en surface », il n'en demeure pas moins heureux, inaltérablement heureux, au-dedans, au plus profond de son être.

Ce bonheur acquis est sans retour. Impossible, une fois devenu sage, de retomber dans les errances anciennes et les misères d'autrefois. Le bonheur-sagesse est acquis une fois pour toutes. Les stoïciens comparent l'homme ordinaire, l'insensé, à celui qui se trouve sous l'eau. Le sage, lui, respire à l'air libre. On peut en tirer des conséquences importantes : il n'y a pas de demi-mesure (on est sous l'eau ou hors de l'eau, on est sage ou insensé, pas demi-sage ou en progrès vers la sagesse), il n'y a pas non plus de degré, de cheminement graduel (on est tout autant dans l'eau à quelques centimètres de la surface qu'à plusieurs mètres de profondeur). Il n'y a pas d'état intermédiaire entre la vie malheureuse des insensés et le bonheur du sage. On change soudainement d'univers, comme en passant de l'eau à l'air.

Tout cela nous convient parfaitement. Je vous demande donc de me faire parvenir, avant la prochaine réunion du comité, dans quinze jours, un plan de campagne détaillé.

Denis, vous rédigerez un argumentaire détaillé pour les coachs en insistant sur les cinq ou six points principaux du thème « le bonheur par la philo ». Vous me préparerez aussi un jeu de citations avec références exactes, au moins une centaine, et je choisirai. Faites-moi également une biblio par thème, et le relevé des meilleures ventes en librairie dans ce secteur depuis six mois.

Élodie, vous me soumettez un plan médias, des lignes de campagne, un budget. Vous élaborez également une série de propositions pour décliner les thèmes de la méthode totale sur le versant philo : anti-stress, antitabac, prosexe, etc.

Dans quinze jours les arbitrages. Les décisions prises seront opérationnelles dans deux mois, y compris pour les supports et les visuels. C'est faisable, à ton avis, Xavier ?

— Non. Mais on le fera, comme d'habitude...

# Entre Marcel et Xavier

– C'est impossible, ce truc!

– Quoi encore?

– Tout recentrer sur la philo. C'est absurde. Ils vivaient tous dans un monde qui n'a rien à voir avec le nôtre. Socrate, Diogène, Épicure, Sénèque, Marc Aurèle et *tutti quanti* appartiennent à l'Antiquité. Impossible qu'ils reviennent hanter notre époque. En tout cas pas tels quels, avec la toge et les sandales. Si on y tenait vraiment, il faudrait leur trouver un costard, et surtout leur expliquer le film.

– Tu veux dire?

– Leur dire où ils sont, tout bêtement... Le christianisme, les droits de l'homme, l'électricité, les guerres mondiales, la technologie, le clonage, l'effet de serre, tous ces trucs-là, et pas mal d'autres, n'appartiennent pas à leur monde. L'idée de fourguer ces bonshommes sans transformation ne correspond à rien. Ils ne serviront à personne, à mon avis...

– Et alors? Si ça se vend, qu'est-ce que tu veux que ça me foute? Tu ne vois pas ça d'ici? Je suis sûr que ça va cartonner! « Les chemins de la sagesse », « les leçons de vie qui ont traversé les siècles », « ces merveilleux Grecs nous guident encore », « les antidépresseurs de toujours », « les Anciens parlent aux Modernes »... Je t'assure qu'on va vraiment faire du chiffre, d'autant que ça peut se décliner facilement. Tu fais une version *light* pour les cadres, dans le genre Épicure-Épictère, plaisir et contrôle de soi, et pour les grands patrons tu mijotes une version plus *warrior*, Aristippe et un zeste de Plotin, un peu partouze un peu mystique, et tu ajoutes un zéro à la facture.

– Non

– Quoi, non?

– J'en ai marre de tout bazarder n'importe comment! Tous ces vieux fous, tu sais bien que je les ai vraiment aimés quand j'étais jeune, je les ai vraiment admirés, enviés, rêvés. Je sais qu'ils ont voulu atteindre quelque chose d'autre que la veulerie de tous les jours. Et ils ont consacré à cet idéal toutes leurs forces, toute leur vie...

– Mais c'est qu'il nous fait une vraie crise, le vieil ange... T'inquiète, je ne vais pas te les abîmer, tes vieux sages. Je veux juste qu'on s'en serve comme *packaging*. Vivre n'a de sens que si vous vivez heureux, nous avons de la philo pour ça! L'être, c'est bien, le bien-être, c'est mieux, grâce à nous la philo vous aide! Le bonheur, sinon rien, Épicure a donné la solution... Tu vois, ce ne sont pas des trucs vraiment compliqués. C'est plus culturel que le bain moussant, et ça doit faire à peu près le même effet. Et puis, surtout, grâce à ce nouvel emballage, on segmente et on traverse, les deux à la fois. On segmente, avec par exemple l'huile de rhubarbe en promo pour les écolos, le yoga des orteils ciblé sur les babas, et la philo pour les cadres. On peut même encore affiner, par exemple un programme spécial Diogène et les cyniques pour les intermittents. Mais en même temps on fait du transversal, parce que rien n'empêche de refiler Épicure aux écolos et Sénèque aux mères de famille. Je te dis que c'est génial!

— Et des T-shirts Platon?

— Excellent! Tu vois, quand tu t'y mets... Bien sûr, et aussi une promo chez Yupi Burger : une Happy Box achetée, un Socrate offert! Un petit Socrate en plastique, à monter soi-même.

— Peut-être un parc à thème?

— Avec le Jardin d'Épicure, l'Île des Bienheureux... Trop tôt, trop cher, trop d'investissement et des retours trop incertains. Non, je verrais plutôt des voyages organisés. Ils ont quand même tous vécu au soleil. Le Sud libyen avec les Cyrénaïques, l'Etna avec Empédocle, ça c'est tout bon! On laboure le terrain à l'avance, avec des jeux, des devinettes, des conférences. Si tu veux, on peut monter quelques spectacles, avec tous les textes et les dialogues disponibles, c'est simple...

— Non, ce n'est pas simple

— Tu veux dire?

— Je veux dire que pour moi, décidément, ce n'est pas simple. Je crois que je peux faire du fric avec tout, sauf avec ça.

— Arrête tes conneries! C'est cette nana qui te ramollit la tête. Regarde : on met Bléfoie dans le coup, et on fait une annonce excellente. « De Socrate à Bléfoie, la philosophie rend heureux! » On pourrait composer des entretiens imaginaires Bléfoie-Sénèque, Bléfoie-Marc Aurèle. Ça serait torride!

197

— Je crois que tu n'as pas compris... Je veux arrêter ce cirque. J'arrête, je veux descendre ! Tu entends ? Je veux descendre !

— Mais tu ne peux pas, mon vieux, tu ne peux pas ! C'est trop tard, c'est parti, maintenant, et ça ne peut pas s'arrêter. C'est comme à vélo : si tu t'arrêtes, tu te casses la gueule. Maintenant qu'on a ce groupe, on ne s'arrêtera plus. Il faut tout le temps vendre des choses nouvelles. Ne t'inquiète pas, ce ne sont pas les stocks qui manquent ! Quand on aura raclé les fonds de tiroir de la philo, j'ai déjà ma petite idée. On se fera les religions. Ça, c'est de la méthode totale ! Et là aussi tu segmentes. Par exemple : « je progresse grâce à la Kabbale », « je suis serein grâce aux soufis », « j'ai retrouvé l'énergie secrète des Templiers ». Qu'en penses-tu ?

— Rien. Faut que je file, j'ai des trucs qui attendent. Salut, à demain.

## « Rencontre au sommet : Bléfoie-Staline »

*La philosophie peut-elle rendre heureux ?*

Bonjour !

Nos invités d'aujourd'hui se connaissent depuis longtemps.

Étudiant, Marcel Staline suivait les cours de philosophie d'un penseur déjà célèbre, Paul Bléfoie.

Le jeune homme se passionne pour les idées du maître. Il décide de faire une thèse sous sa direction, et finit par devenir l'un de ses disciples.

Il y a longtemps qu'ils ne se sont pas revus. Car la vie leur a fait prendre des chemins divergents.

Paul Bléfoie, grande figure de la réflexion sur l'éthique, est professeur honoraire à l'Université centrale. Ses ouvrages sont traduits et étudiés dans le monde entier.

L'Académie nationale lui a ouvert ses portes il y a trois ans. Chacune de ses rares interventions est aujourd'hui un événement.

Marcel Staline, lui, s'est éloigné de l'Université. Après de longs séjours en Inde et en Californie, il est devenu le maître incontesté du développement personnel.

Son Centre emploie de nombreux formateurs dans le monde, et sa « méthode totale » a désormais, malgré les controverses qu'elle suscite, des milliers d'adeptes.

Pour *Notre époque*, le philosophe et le coach ont accepté de se retrouver et de dialoguer.

Le bonheur est-il au bout de la philosophie ? La sagesse peut-elle rendre heureux ? C'est ce que nous leur avons demandé.

*— Paul Bléfoie, avez-vous été surpris par l'itinéraire de votre ancien étudiant ?*

— En un sens, oui. Mais Marcel Staline, dans le fond, est toujours une personnalité surprenante. On se demande en permanence ce qu'il va inventer de nouveau, quelle idée inattendue va surgir. Je ne sais pas, je vous l'avoue, d'où lui viennent toutes ces ressources, ces capacités d'innovation permanente. Dès que je l'ai connu, il m'a semblé qu'il y avait en lui de l'explorateur, presque du magicien. À partir de cet étonnement initial, j'ai compris que les surprises, par la suite, allaient se multiplier. Comme vous le voyez, ce ne pouvait plus être, si j'ose dire, des surprises surprenantes. Il y a une surprise originaire de l'autre, comme je l'ai expliqué notamment dans *L'Autre est un Je*, d'où surgissent, sans nous surprendre et tout en nous surprenant, des conséquences toujours nouvelles.

*— Et vous, Marcel Staline, qu'avez-vous envie de dire à votre maître ?*

– D'abord qu'il n'a jamais cessé de m'accompagner, même si, depuis bien des années, je n'ai plus eu le plaisir d'être auprès de lui. Parce qu'une grande pensée ne cesse jamais de vous nourrir, une fois que vous avez commencé à la découvrir. L'œuvre de Paul Bléfoie, la force de sa philosophie, l'énergie de sa pensée ne m'ont jamais quitté.

Depuis le moment, déjà lointain, où j'ai assisté pour la première fois à son cours, intitulé à l'époque « Altérité et subjectivité », jusqu'à ce soir, où je dois dire que je suis ému de le retrouver enfin, jamais les idées clés de sa philosophie ne sont restées pour moi lettre morte. J'ai tout tenté pour les mettre en pratique, pour leur donner vie. En fait, la méthode totale est une fille de Bléfoie! Un peu turbulente peut-être, ou exotique, ou insolite, mais sa fille malgré tout!

– *Tout de même... Votre méthode paraît très éloignée des analyses théoriques du philosophe de la relation et de l'interprétation!*

– En apparence, seulement. Bien entendu, il s'agit d'une méthode pratique, concrète. Je dois parvenir à transformer ceux qui viennent me voir. Leur vie change. Ce n'est pas de la théorie, mais de l'action. D'un autre côté, j'ai le sentiment d'être demeuré profondément fidèle à l'enseignement que j'ai reçu de Bléfoie. À l'intérieur de ma démarche, sa pensée est présente. Ce qu'il nomme « je-nous », par exemple, joue pour moi un rôle essentiel. Et surtout, la méthode totale se donne le même but que la philosophie antique : le bonheur. Elle utilise également bon nombre des exercices pratiqués par les philosophes de l'Antiquité.

*— Paul Bléfoie, vous reconnaissez votre pensée dans la méthode de Marcel Staline ?*

— Je pense que nous devons élargir le débat. Après tout, un philosophe n'est pas nécessairement bon juge des usages de sa pensée, de ses applications ou de ses prolongements. Il me semble plus intéressant de nous interroger sur ce que peut la philosophie pour le bonheur. Je crains de vous surprendre ou de vous décevoir, mais je dois avouer ma conviction : la réflexion philosophique n'a que fort peu à voir avec ce qu'on appelle, communément, le bonheur.

J'aggraverai mon cas en ajoutant que je doute fortement de l'existence de cet état bienheureux auquel la plupart de nos contemporains semblent ne plus cesser de penser. Le bonheur, selon moi, n'est qu'une chimère. C'est une illusion, non seulement inutile, mais nuisible. La plupart du temps, ce rêve est néfaste. Mieux vaut regarder la vie en face, comme elle est : des moments agréables et des souffrances, le tout inextricablement mêlé, et la mort au bout.

*— Voilà une déclaration sans ambiguïté, mais pour le moins surprenante ! Car Marcel Staline, qui se réclame de la pensée de Paul Bléfoie, soutient exacte-*

*ment l'inverse! Comment réagissez-vous, Marcel Staline, à ce que vient d'affirmer votre maître?*

– Je vais sans doute vous surprendre à mon tour, mais dans le fond, il n'y a pas vraiment de désaccord entre nous. Je crois que nous pouvons être heureux, et que la philosophie peut nous y aider. En ce sens, ma position peut paraître très éloignée de celle de Paul Bléfoie. Encore faut-il s'entendre sur ce qu'on dénomme « philosophie ». S'il s'agit de perfectionner des systèmes de concepts hautement complexes et pourvus d'une extrême technicité, comme le font aujourd'hui des professionnels de l'analyse logique, alors je serais d'avis, moi aussi, que cela n'a pas grand impact sur notre vie quotidienne. Ce qui m'intéresse, dans une veine plus proche des écoles de l'Antiquité, c'est une philosophie centrée sur la conduite de nos actes, applicable au jour le jour. C'est elle qui peut nous permettre de devenir heureux.

*– Pardonnez-moi, Marcel Staline, mais je ne vois pas, dans ce que vous dites, comment un accord avec Paul Bléfoie demeure possible à vos yeux. Ne vient-il pas de déclarer que le bonheur est une illusion nuisible?*

– Tout à fait, mais je n'ai pas terminé ce que j'ai à dire! Ce que dénonce Paul Bléfoie, et à juste titre, c'est l'image naïve et trompeuse que nous nous faisons trop souvent du bonheur. Comme s'il pouvait se trouver simplement dans l'argent, la consommation, les loisirs, le sexe! Je crois au contraire que le bonheur véritable, profond, authentique ne peut pas être atteint si l'on n'a pas d'abord cassé cette représentation idiote. Ce que Bléfoie permet de comprendre, c'est que le bonheur (habituel, tiède, illusoire) masque le bonheur (le vrai, le décisif, l'ultime). Ce bonheur réel passe évidemment par une acceptation de tout ce qui est, jouissance comme souffrance, et cette acceptation ne peut s'atteindre que par un entraînement philosophique.

— *Le temps tourne, et il ne nous reste qu'une minute avant les informations. Paul Bléfoie, êtes-vous d'accord avec ce que vient de dire Marcel Staline ? C'est ainsi que vous voyez les choses ?*

— Je ne les formulerais pas exactement de la même manière, mais, dans le fond, il ne s'agit que de nuances. Oui, je pense que, dans le fond, nous sommes d'accord sur l'essentiel. Nous n'avons simplement pas la même façon de le dire.

— Paul Bléfoie, Marcel Staline, merci ! Après la publicité, nous retrouvons Maude Artun pour les informations. C'était *Notre époque*. À demain !

## Entre Paul Bléfoie et Marcel Staline

– Je vous raccompagne?

– Non merci, un taxi m'attend pour me conduire à l'Académie. J'étais ravi de vous retrouver.

– Pardonnez-moi, mais qu'est-ce qui vous est arrivé? Cette soudaine déclaration sur l'illusion du bonheur... c'était imprévu!

– Ah... Mon cher, il faut bien s'amuser un peu. Vous savez, à mon âge, si l'on ne s'invente pas de petits plaisirs... À bientôt, j'espère!

– Certainement. J'y compte bien.

# Le dénouement approche

« Quand j'en aurai sorti quelques paniers d'ordure, tu
pourras te représenter d'après eux ce qu'était la masse
totale de cet indescriptible amoncellement de fumier. »

Lucien,
*Alexandre ou le Faux Prophète*,
1, 17-20.

## Entre Marcel et Xavier

– Tu as vu? Bléfoie a vraiment pété un câble, il n'y a plus moyen de le tenir. Il m'a saccagé cette télé, en plein direct, en prime, et juste pour s'amuser!

– Qu'est-ce que tu veux que j'y fasse? Je ne suis pas maître de ce débris...

– On va l'exploser, comme ça, il ne viendra plus nous emmerder.

– Pas simple. Tu as calculé les retombées?

– C'est ton boulot. Tu te débrouilles pour que Bléfoie explose en vol sans que ça nous retombe dessus. Tu sais faire, alors vas-y. Moi, je dois être à Shanghai toute la semaine pour la promo du nouveau centre Staline. Ils adorent... Ça leur rappelle des souvenirs!

– D'accord, je m'en occupe. Bon voyage.

## Entre Marianne et Xavier

— Tu imagines comme on serait tranquilles ! Je te vois déjà, au bord de la piscine, en fumeur de havanes... Avec tout cet argent, on est à l'abri pour un moment. Quand est-ce qu'on part ?

— Ça ne va plus tarder. Je te l'ai promis, je tiens toujours mes promesses. D'ailleurs, la façon dont Marcel me traite est devenue carrément insupportable ! Dès que je peux, je pars ! Avec toi, et la caisse, évidemment...

— Oh oui oui oui... Qu'est-ce que tu attends ?

— Le bon moment, c'est tout.

— Ça fait long... Et quand je pense à tous ces pauvres gens qui continuent à se faire arnaquer, c'est trop triste !

— Kleenex dans mon bureau, premier tiroir de droite.

— Tu veux que je te dise ? Tu es un dur en pâte à modeler !

— Toi être super stratège ?

— Ça se pourrait, oui, ça se pourrait... *Ciao ! A domani !* Je t'adore !

Les Temps futurs
*Revue trimestrielle*

## D'un Staline à l'autre
## Méthode totale et risque totalitaire

par Jean Richt

Demain, nul ne se souviendra de l'existence de Marcel Staline. Il aura disparu sans laisser de traces. Quelques années auront suffi à effacer le bateleur qui tient aujourd'hui tant de place. Pourquoi donc s'intéresser à cette écume éphémère ?

La raison en est simple : Staline n'est effectivement rien en tant qu'individu, il est tout *en tant que symptôme.* C'est pourquoi l'organisation de son propos, les arrière-plans et perspectives de son entreprise sont à mettre en lumière. Un monde inhumain s'y dessine. Voilà ce que je souhaite montrer.

Ce jugement peut surprendre. Les conseils prodigués par la « méthode totale » ne sont-ils pas d'inoffensives banalités ? Certainement. De l'inhumain, on se demande bien pourquoi.

Marcel Staline ne serait donc qu'un perroquet de plus de la « sagesse des nations », nullement l'indice d'une nouvelle barbarie. Ce coach et ses semblables ne feraient que répéter des maximes millénaires : accepter ce qu'on est au lieu de rêver à des paradis illusoires, être calme et serein plutôt qu'agité et inquiet, voir les choses

211

du bon côté, prendre soin de son organisme, vivre pleinement sa sexualité... Beaucoup de vieux bon sens, rien de vraiment faux, *a fortiori* rien de dangereux.

Cela semble exact. Toutes ces méthodes s'appuient sur de telles évidences. « Mieux vaut être heureux que malheureux » : de prime abord, difficile de soutenir le contraire. Ces pseudo-évidences ont pour premier effet d'emporter l'adhésion, sans même qu'il y ait matière à discussion. Elles paraissent infalsifiables. Ceux qui les énoncent ne sont peut-être pas originaux, mais ils ont raison, se dit-on.

Cette adhésion est renforcée par la prolifération de ces évidences, qui provoque un effet de saturation. Mieux vaut être rassuré qu'anxieux, bien portant que malade, efficace plutôt qu'incapable, et aussi épanoui plus que rétréci. Chacune de ces affirmations paraît nécessairement vraie. Devant elles, on se trouve donc d'emblée « disposé à croire ».

Les coachs n'ont nullement inventé l'enseignement des truismes. Déjà, dans l'Antiquité, le pseudo-Phocylide promettait « une vie parfaite jusqu'à la vieillesse » à ceux qui suivraient les conseils élémentaires qu'il avait rassemblés. Comparés à ceux du développement personnel, on constate qu'il n'y a pratiquement pas eu de modification dans les préceptes de base depuis plus de deux mille ans.

Ajoutons que dans la plupart des méthodes, totales ou autres, se trouvent quantité de conseils pratiques dont on ne saurait nier totalement l'utilité. Leurs exercices élémentaires peuvent effectivement produire des résultats.

À condition, toutefois, de les mettre en pratique, de leur consacrer le temps, la patience, l'énergie qu'ils exigent... Or ce n'est pratiquement jamais le cas des adeptes qui assurent le succès commercial de ces méthodes et de leurs promoteurs.

Au contraire, il me semble essentiel au dispositif actuel que l'ensemble de ces conseils ne soient *jamais* mis en pratique. C'est même la première singularité que je souhaite mettre en lumière.

## 1 – Une consommation imaginaire sans fin

Le succès de tous les livres, instituts et coachs qui se réclament du développement personnel repose sur ce paradoxe : leurs méthodes ne sont jamais appliquées (ce qui serait fastidieux et fatigant), mais seulement consommées de façon imaginaire (ce qui est facile et rassurant). Tout se passe comme si lire était suffisant, comme si écouter était à soi seul bénéfique.

Ces techniques mobilisent donc des conseils pratiques connus de toutes les sagesses traditionnelles. Mais la posture de nos consommateurs, elle, est radicalement nouvelle. Les adeptes des sagesses savaient que le travail sur soi-même exige, durant des années et des années, énergie, sacrifices, essais réitérés, retours en arrière, recommencements. Ils savaient que leur but ne pouvait jamais être acquis instantanément. Ce ne pouvait être un succès facile, ce n'était même pas une réussite assurée. La conversion de l'existence – toutes les initiations ont ce

213

point commun – passait par un processus long, par moments douloureux ou difficile. À ce prix seulement, on pouvait accomplir, éventuellement, la mutation de sa vie.

Cette fois, il en va tout autrement. Il suffit de lire, d'écouter, d'assister. Théoriquement, les préceptes devraient être appliqués. En pratique, on s'en dispense ! On sait comment devenir sage, heureux, serein... donc on l'est ! Les recettes ne réclament pas d'être mises en œuvre. Personne ne s'en soucie vraiment. L'initiation est esquivée, elle n'est qu'imaginaire. Le propre du développement personnel est d'être une consommation d'actes imaginaires, une rêverie autour d'efforts inaccomplis. Merveilleuse innovation ! *Le temps est supprimé, l'effort est supprimé, le réel est supprimé.*

Il s'agit d'une simple *consommation imaginaire d'avenir*, dépourvue de tout impact sur la réalité. Le geste ne consiste jamais à se prendre vraiment en charge, ni à s'exercer réellement. Il réside tout entier dans l'évocation de ce qu'on sera... lorsqu'on aura réussi cette opération qu'en fait on n'accomplit jamais !

Il est plus simple de rêver que d'agir. Il est plus gratifiant de s'imaginer heureux, sage, parfaitement réalisé, que d'œuvrer pas à pas, dans l'hésitation et parfois le découragement, à se modifier réellement, pour un résultat toujours aléatoire et incertain. Voilà ce que notre époque a profondément saisi.

Le développement personnel dans son ensemble, avec l'immense diversité des méthodes, des livres, des sites web et des coachs qu'il engendre, est donc entièrement destiné à tourner à vide. Il produit des livres de conseils pratiques que personne ne va pratiquer, des mutations de l'existence que nul ne vivra, du bonheur pour toujours que personne jamais n'atteindra.

Cela n'a aucune importance! Car il importe uniquement qu'on se berce indéfiniment de cette illusion : on possède le bonheur, puisqu'on vient d'acheter la recette. Comme s'il suffisait d'un livre de cuisine pour avoir un repas, ou de lire la règle de saint Benoît pour être moine!

Cette consommation imaginaire présente en tout cas un immense avantage commercial : il faut renouveler constamment le stock de recettes, rénover leur présentation, repeindre sous de nouvelles couleurs (à peine différentes, mais pourtant différentes) les anciennes évidences.

Hypothèse : un lecteur se mettrait *pour de bon* à conformer son existence à l'un de ces livres. Il y consacrerait tout son temps, tous ses efforts. Conséquence immédiate : il n'achèterait plus aucun autre ouvrage du même genre! Conséquences à court terme : effondrement du marché, faillite des maisons spécialisées, afflux massif de coachs parmi les chômeurs...

Il est donc absolument nécessaire que *personne n'applique jamais* aucune de ces méthodes, afin qu'il soit indispensable d'en proposer toujours de nouvelles, toutes destinées à la consommation d'un public affamé de rêveries toujours recommencées.

Certains pourraient aller jusqu'à mettre en parallèle cette illusion du développement personnel (la

« méthode totale » de Staline Marcel) et la grande illusion du socialisme réel (la « révolution bolchevique » de Staline Joseph). En effet, de même que la prospérité commerciale du développement personnel se fonde uniquement sur la consommation imaginaire d'un avenir où l'on sera enfin « heureux pour toujours », de même la prospérité politique du communisme était fondée elle aussi sur une absence de relation à la réalité et sur le refuge permanent dans le fantasme des « lendemains qui chantent ».

D'un Staline à l'autre, on retrouverait ainsi la thématique de « l'homme nouveau », la même nécessité de se défaire de tous ses attachements antérieurs, la même exigence d'abandonner son individualité et son autonomie. Car là, évidemment, se joue l'essentiel.


## 2 – *La démission de sa propre existence*

Le cœur du dispositif repose sur une démission de soi, avec remise de tous les pouvoirs entre les seules mains du coach. Dans toutes les méthodes et écoles se retrouve ce trait essentiel : un client confie au coach le soin de juger pour lui, de comprendre pour lui, de discerner et de décider à sa place. Ce peut être pour un temps plus ou moins long, avec plus ou moins de radicalité ou d'ampleur.

Mais ce geste demeure toujours paradoxal et constitutif. Paradoxal, car il est curieux que, pour acquérir autonomie, indépendance, liberté, on doive se trouver en position d'accepter, voire de réclamer, dépendance, soumission, obéissance, ou même servitude.

On dira que ce paradoxe est repérable dans toutes les traditions : il existe toujours un moment où le disciple est soumis. Il exécute sans comprendre, obéit à l'aveugle. Et ce temps appartient nécessairement à son cheminement vers la maturation, l'éveil, et la liberté. Bientôt, il sera maître à son tour.

Un point distingue toutefois, de manière radicale, le couple « maître-disciple » du couple « coach-client » : le coach n'enseigne rien ! Il ne transmet pas un savoir. Il ne guide pas dans un progrès spirituel dont les étapes sont repérées, voire balisées, par toute une tradition. Le coach... coache, il décide et dirige. Son objectif n'est pas que son client accède à son tour au statut de coach.

Le rapport de soumission du disciple envers le maître est destiné à s'effacer : au terme de son voyage, le disciple arrive, finalement, à la place du maître. La relation de dépendance du client envers le coach, elle, est destinée à perdurer, du moins tant que le client paie.

Comment expliquer que cette forme singulière de démission de soi rencontre, à notre époque, un tel succès ? Comment se fait-il que tant de représentants de la frange de la population la mieux éduquée, la plus informée, en principe la plus éclairée, dans les pays les plus développés, se jettent dans les bras de gens dont la seule tâche est de leur dicter leur conduite et de prendre en main, à leur place, leur destin ?

Le progrès, dont on croyait pouvoir attendre une émancipation toujours plus nette des individus, semble s'être retourné en son contraire. Au lieu d'émancipation, la démission. En guise de liberté, la servitude. En place d'autonomie, l'hétéronomie.

Se pourrait-il que le temps des coachs signale ce que Nietzsche appelait l'avènement du « dernier homme » ? L'Occident en serait venu à un tel point d'affaiblissement que la plupart des individus se trouvent réduits à une complète dépréciation d'eux-mêmes. Ce crépuscule de la volonté leur rend impossible de se gouverner eux-mêmes, les porte à être toujours commandés par un autre, qu'ils se donnent l'illusion de choisir.

La domination générale du spectacle intervient aussi. Les imaginaires individuels vivent sous la contrainte de représentations collectives. Les contenus de notions telles que « réussite », « réalisation de soi », « épanouissement », « efficacité », « bonheur » sont standardisés.

La particularité de ces représentations est d'être à la fois rigides (nul n'est censé vouloir perdre, ou gâcher sa vie, ou parvenir à être totalement inefficace) et floues (personne ne sait au juste ce que réussir signifie, pas plus qu'être efficace ou heureux). Pour répondre à cette rigidité impérative tout en comblant ce flou, il convient que chacun rêve sa propre vie selon les modèles en magasin. À chaque spectateur appartient de réaliser le film de son existence dans les décors fournis par nos « partenaires officiels ». Le coach sert à contrôler l'ajustement de ce *home* cinéma existentiel aux normes de l'époque.

Il y parvient d'autant plus aisément qu'il est supposé détenir une expertise spécifique pour modeler les vies. Or rien n'est aussi vénéré à présent que les techniques de management, de contrôle, de gestion du vivant. Il ne s'agit pas ici spécifiquement des biotechnologies, mais de cet ensemble de prétendus savoirs sur lesquels les coachs assoient leurs pouvoirs. Michel Foucault a déjà montré comment un savoir très mince, encore mal constitué, par exemple celui de la psychiatrie du XIXe siècle, pouvait être doté de pouvoirs considérables (enfermement, exclusion, surveillance), sans commune mesure avec les connaissances acquises.

L'emprise des coachs accentue encore le contraste : leur savoir tend vers zéro, leur pouvoir tend vers l'infini. Ils vont pouvoir en effet modifier l'orientation d'une existence, changer une apparence, un métier, une relation affective ou sexuelle, au nom de connaissances et de méthodes qui ne sont que du vent.

Pour entrevoir comment cela est devenu possible, il faut se tourner vers le rapport de l'individu à l'autorité. Autrefois, ce rapport était ambigu. Tenu de se soumettre à l'autorité (du père, de la loi, de la société), l'individu finissait par s'y plier, tout en ménageant des poches de rébellion, ou simplement des zones d'esquive. Aujourd'hui, ce rapport est toujours ambigu, mais en un sens différent : l'imposition de l'autorité étant devenue presque inexistante socialement, les individus-souverains finissent par rechercher l'autorité par eux-mêmes, et croient décider de s'y soumettre de leur propre chef. Au nom du rêve d'une liberté à venir, horizon où tout serait enfin harmonieux et à sa place, ils se livrent pieds et poings liés au sadisme du premier Staline venu.

Ce dispositif est particulièrement retors. Il paraît en effet librement choisi. Et pleinement assumé. Chacun dira, en toute bonne foi, qu'il agit de son plein gré, va librement se choisir un coach et en payer les services tout comme il rémunère ceux d'un médecin, d'un architecte ou d'un avocat. Le client prétend conserver la maîtrise de la situation.

Or ce n'est pas du tout le cas. Il se livre entièrement au pouvoir du coach, à son arbitraire, à sa violence toujours possible. La démission de soi consiste à remettre à un autre le pouvoir de juger notre existence et de prendre des décisions pouvant la modifier, dans tous les domaines.

Quand on ne s'appartient plus, cela se nomme aliénation. Quand un pouvoir unique tend à contrôler tous les aspects de l'existence, cela se nomme totalitarisme. Nous y sommes.


### 3 – Un totalitarisme à visage radieux

Quel est le dénominateur commun de toutes les démarches se rattachant à la nébuleuse du développement personnel ? On ne saurait le trouver ni dans les principes, ni dans les méthodes, ni même dans les objectifs poursuivis, où règne une grande hétérogénéité. L'unité de cette multitude réside dans une attitude omniprésente : la suppression de tout ce qui est négatif. C'est là qu'il y a motif à s'inquiéter pour de bon.

Imaginons ce que serait l'idéal réalisé. Que serait une vie réussie, conforme aux descriptions qu'en donnent

Marcel Staline et ses semblables ? Une vie totalement heureuse, sans souffrance, sans pensée négative, sans stress, sans conflits, sans inquiétude, sans appréhension, sans hésitation, sans ignorance de ce qu'il faut faire ou ne pas faire. Cette vie totalement positive, efficace, sereine, affirmative, sûre de soi, serait-elle encore... tout simplement une vie humaine ?

Notre existence est limitée dans le temps. Nos forces, physiques et psychiques, sont elles aussi circonscrites. Nos savoirs, quelles que soient leur croissance et leur étendue, sont bornés, inéluctablement lacunaires. Nos décisions, du coup, se prennent toujours pour une part à l'aveugle, à tout le moins dans l'incertitude, et jamais, pour autant qu'elles sont humaines, en toute connaissance de cause.

Cette finitude, ces limites impossibles à supprimer définissent le domaine où s'exerce le risque de l'action qui se nomme liberté. Nous agissons toujours dans l'horizon d'un temps borné par la mort, dans le cadre plus ou moins restreint de nos capacités, en ne possédant qu'une vue partielle, souvent faussée, de la situation où nous sommes. Toute action suppose un courage, une prise de risque, et donc tout à la fois une possibilité d'échec et une inquiétude sur son aboutissement.

C'est pourquoi vouloir supprimer limites, aléas, inquiétude revient à nier notre liberté, à déshumaniser le monde. Qu'on ne se méprenne pas : il est bien sûr possible, et souhaitable, d'œuvrer à diminuer la souffrance, l'incapacité, la faiblesse, l'anxiété, l'ignorance... Mais rêver et faire rêver de les abolir *entièrement* n'est pas seulement illusoire et vain. C'est insensé et dangereux.

Or c'est bien ce que font ceux qui, comme Marcel Staline et ses émules, cultivent le fantasme qu'on puisse devenir « heureux pour toujours ». L'existence humaine est inévitablement un entrelacs, plus ou moins proportionné, de jouissances et de malheurs, d'extases et d'horreurs, de calme et de cris. S'efforcer d'accroître la part positive est légitime, et parfois faisable. Supprimer *tout* le négatif, en revanche, n'est pas seulement impossible. C'est inhumain.

Car cette élimination fantasmatique du négatif est liée, de manière essentielle et constitutive, à la suppression des limites. Staline et ses semblables ne jurent que par l'illimité. Ils ne rêvent que d'en finir, une fois pour toutes, avec ces contraintes qu'imposent les limites. Que cela soit séduisant, et tout autant mortifère, quiconque a compris Freud à peu près n'en peut douter. Voyons les conséquences majeures de ce parti pris :

Dans ce monde sans limites et sans négatif, autrui disparaît complètement. Il n'y a pas lieu de s'en étonner : la liberté de l'autre, l'existence de son désir et de sa volonté autonomes constituent, depuis toujours, des limites à notre propre liberté, et par là même, bien souvent, une source de désagrément. Dans un monde où rien ne doit gêner ni contraindre, il ne saurait y avoir de place pour autrui.

Sa disparition est d'ailleurs supposée par le fait même que le rôle central revient à *mon* appréciation des situations, à *ma* représentation du monde. Dans la plupart des techniques concernées, le film que je projette remplace la dure et imprévisible résistance du monde. Tout dépend de ce que je me raconte, et seulement de cela !

C'est ainsi que nous sommes censés devenir sereins et heureux : il suffit que nous nous racontions une autre histoire à propos des mêmes faits. Ce subterfuge n'est pas seulement dérisoire et voué à l'échec : il contient la suppression de l'existence d'autrui. Ce dernier n'est plus qu'une image, un personnage de mon film, une ombre dont je peux éventuellement ne pas tenir compte, ou refaire la silhouette à mon gré. Peu importe, puisque je suis seul aux commandes. Le scénario sera selon mon désir.

Seconde conséquence : la réalité elle-même disparaît. Rien hors de moi ne subsiste qui puisse demeurer rétif, opaque, coriace, intraitable. Sinon, tout le dispositif serait voué à l'échec... Je pourrais toujours tomber sur un os, un imprévu. Quelque élément inconnu serait en mesure, indéfiniment, de faire éventuellement échouer mes projets, même les mieux engagés. Jamais je ne serais certain d'être heureux pour toujours. Alors, pas d'hésitation : c'est la réalité qu'il convient d'éliminer !

Staline et ses semblables ont décidé de s'en défaire. L'univers est donc désormais fabriqué par chacun à sa mesure et à sa convenance. Le monde se trouve ainsi curieusement expurgé de ce qui pourrait l'alourdir : non seulement autrui, mais aussi la mort, les maladies, la violence, le mal, les meurtres, les chagrins, les déceptions. Sans compter l'économie, l'histoire, les relations internationales, les contraintes du marché, la loi morale, la syntaxe de la langue, les systèmes de parenté, la succession des générations et toute une série d'autres fariboles qui font partie intégrante, d'habitude, de ce qu'on nomme réalité.

Ce monde dépourvu de limites, où ne figurent ni autrui ni aucune réalité, n'est pas seulement un monde allégé et imaginaire. C'est un monde totalitaire, dans la mesure où toutes ses dimensions sont soumises, sans exception, à la dictature de ma seule satisfaction. C'est un monde-bulle, artificiel, trompeur, autiste, voué à l'échec et à la désillusion. Dépourvu de la présence de l'autre, privé de l'opacité du réel, c'est un monde inhumain.

Il ne faudrait pas se tromper d'époque pour autant. Staline (Marcel) n'est pas Staline (Joseph). Les comparer serait inconvenant et obscène. Le totalitarisme politique réel n'a rien à voir avec le risque totalitaire de nos coachs glamours. Il est certes fâcheux que « coach » signifie à peu près la même chose que « Führer » ou « Duce » : celui qui guide, conduit, dirige. Mais un fossé toujours infranchissable sépare la terreur collective des petites manipulations individuelles.

Devrait-on se souvenir du début du *18 Brumaire de Louis Napoléon Bonaparte*? Marx y rappelle que, si l'Histoire paraît se répéter, c'est la première fois comme tragédie, la seconde fois comme farce. Après l'horreur, le grotesque. D'un Staline à l'autre, serait-on passé du totalitarisme tragique à la farce coachesque? Cela n'a rien de convaincant.

La vraie nouveauté serait-elle que ce monde inhumain se présente aux sujets sous les traits d'une existence radieuse, colorée, plus diverse, plus libre et plus riche d'intensités de toutes sortes que leur vie habituelle ? Cela n'est pas une nouveauté. Il serait en effet facile de montrer que c'est le modèle de tous les paradis. Un paradis est toujours un lieu inhumain, paré de tous les attributs du désirable suprême.

Ce qui est particulier, dans le nouveau paradis des coachs, est que cet inhumain désirable n'est plus collectif, ni religieux, ni situé dans un au-delà historique ou cosmique.

Le paradis du bonheur pour toujours par la méthode totale est désormais individuel, indépendant des Églises et des dogmes, réalisable ici et maintenant.

Derrière son sourire qui ne disparaît jamais, il annonce une forme inédite de risque totalitaire.

Il s'agit d'y prendre garde.

Dépêche, Agence Nationale Presse,
11 h 23

## Mort du philosophe Paul Bléfoie

Le philosophe Paul Bléfoie, membre de l'Académie nationale, a été retrouvé mort à son domicile, sur les quais du centre, samedi matin. Il semble avoir été victime d'une crise cardiaque, à un moment où il se trouvait seul dans son appartement. Il était âgé de 82 ans.

Dépêche, Agence Nationale Presse,
11 h 47

## Paul Bléfoie,
## « au service de la grandeur éthique »

Auteur d'une trentaine d'ouvrages, le philosophe Paul Bléfoie qui vient de disparaître aura marqué de son humanisme la philosophie de la fin du XXᵉ siècle. Il aura en particulier renouvelé profondément l'analyse philosophique des relations interpersonnelles, envisagées dans une perspective éthique et interculturelle.

Ancien élève de l'École normale supérieure, le professeur avait enseigné à Marseille, et à Lyon avant de faire une longue carrière à la Sorbonne, et à l'Université de

Berkeley (Californie). Il avait donné cours et conférences dans le monde entier.

Parmi ses titres les plus connus, on retiendra *L'Un et l'Autre,* où il élabore pour la première fois la célèbre problématique du « je-nous », *L'Autre est un Je,* qui influença notamment François Truffaut et Alfred Hitchcock et enfin *D'un Je à l'Autre,* recueil de ses chroniques dans le magazine *Aujourd'hui l'avenir,* auquel il collaborait depuis plus de vingt ans.

Son influence s'est exercée dans des domaines très divers, notamment le cinéma, la déontologie médicale et la défense du théâtre populaire.

Sa dernière apparition publique remonte à une dizaine de jours, dans l'émission *Notre époque,* diffusée sur Télé pour tous, où il avait débattu du bonheur avec le célèbre Marcel Staline, qui a été autrefois son disciple.

« On ne sait ce qu'on doit admirer le plus chez Bléfoie, l'œuvre considérable ou l'existence irréprochable, toutes deux au service de la grandeur éthique », a déclaré le président de la République, qui invitait fréquemment le philosophe dans sa résidence de vacances.

Un hommage à Paul Bléfoie se déroulera dimanche à 20 h 30 au Théâtre national.

*Services spéciaux de la Sécurité*
*Note confidentielle*
*À l'attention du chef de cabinet*
*du président de la République*

## Décès de Paul Bléfoie

Nous tenons à porter à votre connaissance les faits suivants :

— Une dénonciation anonyme, accompagnée d'indices paraissant crédibles, est parvenue il y a cinq jours aux services du ministère de l'Intérieur, et faisait état d'une culpabilité de Paul Bléfoie dans la détention et le trafic de cassettes vidéo internationalement prohibées, comportant l'enregistrement de scènes de meurtres assortis de pratiques barbares.

— Après vérifications d'usage, les services ont décidé une perquisition immédiate au domicile de cette personnalité, sous un prétexte de routine concernant sa protection, organisée de manière régulière depuis plusieurs années, à la demande personnelle du Président.

— Cette perquisition a débouché sur la découverte d'une vingtaine de cassettes vidéo et de DVD, et de preuves accablantes d'un trafic international auquel seraient directement mêlés Marcel Staline, Xavier Bias et le sénateur Delachambre.

– Au cours de cette perquisition, Paul Bléfoie a été victime d'un malaise, puis d'une attaque brutale qui a entraîné son décès.

– Après consultation du ministre, qui en a référé au Président, il a été demandé à nos services de procéder à la saisie et à la destruction de ces enregistrements et au classement « secret défense » du dossier et des procès-verbaux.

L'objet de cette note est de vous informer que les consignes ont été exécutées, et de vous prier d'en faire part à qui de droit.

# Épilogue

## Que sont-ils devenus?

– Le jour de la mort de Paul Bléfoie, Xavier Bias s'est suicidé en voiture, comme l'avait fait Bernard Grand. Il a légué à Marianne la totalité de ses parts dans le groupe Staline, ses journaux de bord détaillés, et un poème qu'elle a mis à la poubelle.

– Marianne a facilement persuadé Marcel Staline de s'installer avec elle. Ils ont finalement préféré l'Argentine à l'Australie. Ils y sont devenus, de manière un peu précipitée, propriétaires d'une luxueuse hacienda, où ils semblent devoir couler des jours paisibles et être heureux pour longtemps.

– Marcel Staline, sous une identité différente, travaille à monter une nouvelle affaire. Il se nomme à présent Alexandre Gorby et finit d'élaborer une méthode, dont il dit grand bien : « la voie globale ».

# Note

Ce volume emprunte les éléments de ses parodies à de nombreux ouvrages qu'il est inutile de recenser.

En revanche, je dois plusieurs éléments d'information et de réflexion au travail de Michel Lacroix, *Le Développement personnel*, Paris, Flammarion, 2004.

# Table

# DU MÊME AUTEUR

Chez Odile Jacob

*La Compagnie des philosophes*, 1998. « Poches Odile Jacob », 2002.

*Des idées qui viennent* (avec Dan Sperber), 1999.

*101 Expériences de philosophie quotidienne*, 2001 (Prix de l'essai France-Télévision). « Poches Odile Jacob », 2003.

*La liberté nous aime encore* (avec Dominique Desanti et Jean-Toussaint Desanti), 2002. « Poches Odile Jacob », 2004.

*La Compagnie des contemporains. Rencontres avec des penseurs d'aujourd'hui*, 2002.

*Dernières nouvelles des choses. Une expérience philosophique*, 2003. « Poches Odile Jacob », 2005.

*Michel Foucault, entretiens*, 2004.

Chez d'autres éditeurs

*L'Oubli de l'Inde. Une amnésie philosophique.* PUF, 1989. Le Livre de Poche, 1992. « Points-Seuil », 2004.

*Le Culte du néant. Les philosophes et le Bouddha*, Seuil, 1997. « Points-Seuil », 2004.

*Les Religions expliquées à ma fille*, Seuil, 2000.

*Fous comme des sages. Scènes grecques et romaines* (avec Jean-Philippe de Tonnac), Seuil, 2002.

*La Philosophie expliquée à ma fille*, Seuil, 2004.

*Cet ouvrage a été composé et imprimé par*

**FIRMIN DIDOT**

GROUPE CPI

*Mesnil-sur-l'Estrée*

*pour le compte des Éditions Odile Jacob*
*en mars 2005*

*Imprimé en France*
Dépôt légal : janvier 2005
N° d'édition : 7381-1574-X - N° d'impression : 72732